Elke Müller-Mees

Wir Vier

ZWEI AUF FALSCHEN WEGEN

Schneider-Buch

CIP-Titelaufnahme der Deutschen Bibliothek

Müller-Mees, Elke:
Wir vier / Elke Müller-Mees. – München : F. Schneider

Bd. 5. Zwei auf falschen Wegen. – 1988
 ISBN 3-505-09897-3

© 1988 by Franz Schneider Verlag GmbH
8000 München 40 · Frankfurter Ring 150
Alle Rechte vorbehalten
Titelbild/Illustrationen: Ines Vaders, München
Umschlaggestaltung: Claudia Böhmer, München
Herstellung: Brigitte Matschl
Satz/Druck: Presse-Druck Augsburg
ISBN: 3 505 09897 3
Bestell-Nr.: 9897

Inhalt

Daniela fühlt sich allein	11
Schule, mal ganz anders	24
Zwei Schwestern unterm Zirkuszelt	38
Mißglückte Projekte	53
Engagement für den Naturschutz	67
Sprühaktion bei Vollmond	80
Eine Rose für Toto	95
Der Verdacht fällt auf die Marder	110
Eine Entscheidung bahnt sich an	125
Es gibt immer einen Ausweg	142

Buchenloh
Das ist ein altes Bauernhaus mit vielen Tücken auf einem großen verwilderten Grundstück.

Und das sind die Bewohner von Buchenloh:

Hanno
Paps ist mehr als Vater, nämlich ihr bester Freund, sagen die vier. Ungewöhnliche Ideen entwickelt Hanno nicht nur in der Erziehung, sondern auch für Buchenloh und in seinem Büro. Von Beruf ist er Ingenieur.

Corinna
Daß sie die beste Mutter der Welt ist, steht für die vier fest. Für alle Töchter ist sie ohne Unterschied Mutter mit Leib und Seele. Über Langeweile kann sie nicht klagen: Da ist Buchenloh, die Tiere, die vier mit ihren Flausen und ein Mann, der die Töchter darin unterstützt.

Gaby
... Tochter der beiden..., 14 Jahre..., dunkles Haar..., blaue Augen..., etwas mollig
Auf sie kann man sich in allen Lebenslagen hundertprozentig verlassen. Ganz besonders setzt sie sich aber für Tiere ein. Doch in einem bestimmten Alter ist auch anderes wichtig. Und wenn es um Jungen geht, ist Gaby nicht mehr tatkräftig, sondern ziemlich schüchtern.

Peggy
... seit sieben Jahren bei Waldmanns..., 13 Jahre..., schwarzes Kraushaar..., braune Augen..., dunkle Hautfarbe
Sie kann sehr tapfer sein, und leider ist das manchmal nötig. Denn wegen ihrer Hautfarbe wird Peggy mitunter angefeindet. Aber sie wird auch bewundert und beneidet; denn sie ist sehr begabt, vor allem in Sport und Kunst.

Daniela
... seit vier Jahren bei Waldmanns..., 13 Jahre..., rothaarig..., grüne Augen..., Sommersprossen
Daß man sie oft für einen Jungen hält, stört sie nicht. Im Gegenteil. Daniela turnt in Baumwipfeln herum oder schwingt den Hammer; für die Schwestern prügelt sie sich notfalls. Doch sosehr sich Dan auch wehrt: Sie ist in Gefahr, ein sehr hübsches Mädchen zu werden.

Maria
... seit einem Jahr bei Waldmanns..., 12 Jahre..., schwarze Haare..., dunkle Augen..., zierlich
Ein stilles, schüchternes Mädchen, so urteilen andere häufig. Nur die Eltern und Schwestern wissen es besser: Maria kann ein temperamentvoller kleiner Teufel sein. Kein Wunder, sie ist Italienerin und außerdem das Nesthäkchen.

Daniela fühlt sich allein

Häuser in Spielzeuggröße, weiß mit roten Dächern, Felder und Wälder, die sich immer wieder zu denselben Farben mischten, grün, braun und ocker. Und auf dem Korbrand des Fesselballons ein Jungenarm mit blondem Haarflaum auf gebräunter Haut.

Als Daniela die Augen wieder aufmachte, war das schöne Bild verschwunden. Sie stand im Badezimmer vorm Spiegel, und der zeigte nichts anderes als sie selbst, ein rothaariges Mädchen von dreizehn Jahren mit feinen Sommersprossen auf Stirn und Nase. Sie verzog das Gesicht.

Albern war es, daß sie hier stand. Es änderte nämlich gar nichts. Dadurch konnte sie den Jungen, den sie sich nur bruchstückhaft in Erinnerung zu rufen vermochte, auch nicht herbeizaubern. Norman war vor vierzehn Tagen nach Hause gefahren, und es würde lange dauern, bis sie ihn wiedersah.

Was ihr in Gedanken blieb, waren seine Arme und sein Nacken mit dem hellbraunen Haaransatz oder seine grauen Augen. Zu blöd, daß sie ihn sich nie im ganzen vorstellen konnte. Daniela spürte, wie ihr Magen sich zusammenzog. Von Schmetterlingen konnte nicht mehr die Rede sein.

Was da bohrte und schmerzte, war Kummer. Seit Norman nicht mehr da war, fühlte sie sich verlassen, einsam und zu nichts zu gebrauchen. Der Spiegel half erst recht nicht. Unzufrieden mit sich und der Welt fand sie sich zwar nicht häßlich, aber irgendwie nichtssagend. Rote Haare und diese fürchterliche Menge von kleinen braunen Flecken, die besonders hervortraten, wenn sie erregt war, nein, das war nicht hübsch.

Da nutzte es nichts, wenn alle anderen das Gegenteil behaupteten. Paps zum Beispiel, der oft betonte, wie gut grüne Augen und rote Haare zusammenpaßten. Oder die Schwestern. Sie alle waren lieb, aber eben nicht objektiv.

„Bah!"

Mit einer letzten Grimasse gegen ihr Spiegelbild trollte sich Daniela davon. Sie hatte keine Lust mehr, allein zu sein.

In Buchenloh jemanden zu finden, dem man sein Herz ausschütten konnte, war im Normalfall nicht schwer. Da waren einmal Hanno und Corinna Waldmann, die Daniela vor vier Jahren adoptiert hatten, als ihr Vater bei einem Unfall ums Leben gekommen war.

Mam und Paps, wie sie nicht nur von dieser Tochter zärtlich genannt wurden, hatten immer ein offenes Ohr für Probleme.

Dann gab es noch die drei Schwestern. Gaby war ein Jahr älter und die einzige leibliche Tochter der Waldmanns. Als Corinna erfahren mußte, daß sie keine weiteren Kinder bekommen konnte, hatten Hanno und sie beschlossen, daß Gaby trotzdem Geschwister haben sollte.

Während Daniela hinüber ins Zimmer der Schwester ging, überlegte sie. Seit Gaby sich im vorigen Sommer in Ralf Denkhaus verliebt hatte, mußte sie oft genug eigene Gefühlsstürme bewältigen. Gerade jetzt wartete sie sehnlichst darauf, daß Ralf wieder bei dem Tierarzt Doktor Zander arbeitete. Doch, sie war für Kummer dieser Art ein guter Ansprechpartner.

Ohne auf das weiße Schild an der Tür zu achten, drückte Daniela die Klinke herunter.

Gaby saß an ihrem Arbeitstisch, einen Stapel Bücher und einen Schreibblock vor sich. Ihr dunkles Haar, das sie zu einem Pferdeschwanz gebunden hatte, zeigte deutliche Spuren ihres Eifers. Mehrere Strähnen hatten sich gelöst, eine davon hatte sie hinter ihr linkes Ohr geklemmt.

„Du, Gaby", begann Daniela.

Doch die Schwester fuchtelte bloß mit dem Bleistift in der Luft herum. In ihren blauen Augen war nicht gerade Begeisterung zu sehen. Dann sagte sie: „Bitte nicht stören! Wir hatten ausgemacht…"

„Habe ich vergessen." Danielas Zähne gruben sich in die Unterlippe.

„Du weißt ja, wie schwer ein Referat für den Schreier ist. Der meckert an allem herum. Und gerade jetzt vor der Projektwoche ist er besonders biestig. Da muß man höllisch aufpassen." Damit wandte sich Gaby wieder ihrem Bücherstapel zu.

Von der Schwester so kurz abgefertigt zu werden, hob Danielas Laune nicht gerade. Sie kannte zwar Gabys Biologielehrer und wußte, wie streng der war. Er trug seinen Namen nicht zu Unrecht. Wenn ihm etwas nicht paßte, tobte er mit riesigem Stimmaufwand. Doch Daniela fand, sie habe Aussprache und Trost nötig und das ginge vor.

„Ich könnte Peggy fragen", murmelte Daniela vor sich hin.

Schon sieben Jahre lebte die dunkelhäutige Peggy bei Waldmanns. Genau wie Daniela war sie dreizehn Jahre alt und hatte vor kurzem etwas Ähnliches erlebt. Auf der dänischen Insel Bjørnø, wo Hanno Waldmann eine Windkraftanlage bauen sollte, hatten die vier Schwestern eine tolle Zeit verbracht. Und dort hatte sich Peggy in Per, den blonden Sohn von Hannos dänischen Freunden, verliebt.

Erst auf der Treppe fiel Daniela ein, daß Peggy nicht zu Hause war. Sie hatte Leichtathletiktraining in der Schule. Da war nichts zu machen. Die Mädchenfaust donnerte aufs Geländer. Die Stirn mit den feinen Sommersprossen krauste sich.

Gleich darauf setzte Daniela sich in Trab. Das Büro Hanno Waldmanns schien ihr auf einmal die letzte Zuflucht. Bei ihm konnte sie sich alles von der Seele reden.

Daß Daniela zu ihm ein besonderes Verhältnis hatte, lag vor allem daran, daß sie als kleines Mädchen mutterlos aufgewachsen war und nur mit ihrem Vater zusammengelebt hatte. Dieser hatte sie in mancher Hinsicht wie einen Jungen erzogen und sie Dan genannt.

Auch bei Waldmanns hieß Daniela weiter Dan, und Hanno mit seinem Beruf als Entwicklungsingenieur kam ihren Neigungen sehr entgegen. Daniela ging mit Werkzeug wesentlich lieber um als mit Stricknadeln. Sie war dasjenige der vier Mädchen, das sich am wenigsten damit abfinden konnte, ein Mädchen zu sein, einen Busen zu bekommen und die Tage zu kriegen.

Als sie den Kopf zu Tür hereinsteckte, sah sie den Vater und seinen Freund Paul Zimmer, den Architekten, über Pläne gebeugt. Sie diskutierten eifrig.

Trotzdem fragte Hanno freundlich: „Hallo, Dan, kann ich irgend etwas für dich tun?"

Der rundliche Paul Zimmer nahm seine Brille ab und nutzte die entstandene Pause, um sie zu putzen. Er tat es gründlich, aber offensichtlich mit seinen Gedanken bei den Plänen.

„Ja, sprich dich ruhig aus, Daniela", sagte er.

Selbst kinderlos, hatte er die Töchter seines Freundes in sein Herz geschlossen. Wenn er nicht wie im Augenblick von seinen Gedanken beansprucht war, scherzte er mit den Mädchen und unterhielt sich oft angeregt mit ihnen. Er hatte ihnen auch schon Geschenke gemacht, die den ungeteilten Beifall aller vier gefunden hatten. Die beiden Katzen Panda und Tiger waren von ihm.

Doch für das, was sie bedrückte, schien er Daniela im Moment nicht der Richtige zu sein. Sie war bemüht, sich ihre Enttäuschung nicht anmerken zu lassen.

Nachdem sie einmal geschluckt hatte, meinte sie: „Schon gut, ich wußte nicht, daß ihr zu tun habt. So wichtig war es gar nicht."

Hanno Waldmann ertappte sich bei einem Blick auf die Pläne. Gleich darauf bereute er seine Ungeduld schon wieder. Doch bevor er etwas sagen konnte, fiel die Tür ins Schloß.

Dabei hatte Daniela so ausgesehen, als hätte sie etwas auf dem Herzen gehabt. Wenn ihre grünen Augen sich verschleierten, war es meistens besonders schlimm. Und seit Tagen schon war mit ihr nichts Richtiges anzufangen. Wenn sie ihm half, war sie mit ihren Gedanken nicht bei der Sache.

Mit etwas schlechtem Gewissen machte sich Hanno weiter an die Arbeit. Genau wie seine Frau Corinna hatte er sich eine große Familie gewünscht. Er war ein begeisterter Vater und hatte es sich zum Prinzip gemacht, für die vier im gleichen Maße dazusein wie die Mutter. Das war mit ein Grund gewesen, sich beruflich selbständig zu machen. So hatte er sein Büro im Haus und war für die Töchter jederzeit ansprechbar.

„Jederzeit eben doch nicht."

„Was meinst du?" unterbrach Paul Zimmer seinen Gedankengang.

„Schon gut." Energisch schob Hanno die Gedanken an Daniela beiseite.

Sein Freund hatte ihn um Hilfe und Rat gebeten. Das war genauso wichtig. Er konnte mit Dan nach dem Abendessen sprechen. Dann war immer noch Zeit.

Wenn Hanno gesehen hätte, wie verloren seine Tochter durchs Haus geisterte, hätte er sich aber wohl doch mehr Zeit genommen.

Zunächst spähte Daniela in die Küche. Als sie Corinna da nicht fand, überzeugte sie ein Blick in den Hof, daß die Mutter zum Einkaufen gefahren war. Das Auto stand nicht auf seinem Platz.

Der einzige, der ihr entgegenkam und mit Schwanzwedeln deutlich zeigte, daß er sie vermißt hatte, war Rolf. Der sandfarbene Mischlingshund mit dem kurzen Schwanz und den spitzen Ohren umkreiste sie und drängte sich an ihre Beine, als sie ihn gedankenverloren hinter den Ohren kraulte.

„Sei nicht böse, du", sagte sie. „Heute wäre mir lieber, mit jemandem zu reden, der antworten kann. Ich will mal sehen, ob ich Maria finde."

Maria war die Jüngste von den Schwestern und lebte erst seit etwas über einem Jahr bei den Waldmanns. Sie war Italienerin. Genau wie Peggy war sie nicht adoptiert, sondern ein Pflegekind. Ihre Mutter hatte sie nicht in die Heimat Sizilien mitnehmen können. Das war für

Maria ein bleibender Schmerz, und sie litt immer noch unter Heimweh.

Obwohl sie schon zwölf Jahre alt war, schien Maria Daniela an diesem Nachmittag nicht so gut geeignet, um mit ihr über ihren Kummer zu sprechen. Schließlich konnte Maria in diesen Dingen nicht auf einschlägige Erfahrung zurückgreifen. Doch sie war besser als niemand. Daniela seufzte.

Wie ungerecht sie in diesem Augenblick war, erkannte Daniela nicht. Sie hatte vergessen, wie verständnisvoll und erwachsen sich die kleine Schwester gezeigt hatte, als es darum ging, festzustellen, ob Norman sich etwas aus Daniela machte. Sie hatte Daniela sogar beraten, was sie anziehen sollte. Oder sie in Schutz genommen, als Norman Daniela wegen des Petticoats gehänselt hatte.

Einer von Marias Lieblingsplätzen war im Stall bei den Angorakaninchen. Doch dort fand Daniela sie nicht. Nun war guter Rat teuer. In Buchenloh jemanden zu finden war nicht ganz einfach.

Denn außer dem alten Bauernhaus, das ständig repariert werden mußte, und dem Stall gab es den Garten und die Wiese bis hinunter zum Fluß, die Buchenanpflanzung, die dem Anwesen den Namen gegeben hatte, und ein Stück Wald. Maria konnte überall sein.

Denn fast überall dort gab es auch Tiere. Marias Favorit war Max, der Zwergesel, der sie an ihre Heimat erinnerte. Wo Max graste, war Mara, die Trakehnerstute, nicht weit. Aber es konnte ebensogut sein, daß die kleine Schwester sich bei den Hühnern, Gänsen oder den Schafen und der Ziege zu schaffen machte.

„Komm, Rolf", forderte Daniela den Hund auf, „wir versuchen es zuerst unten auf der Weide."

Hinter dem Haus liefen die beiden über die Bauernwiese, die einen Teil des Gartens ausmachte. Kniehoch stand das Gras, dazwischen blühten Margeriten, Löwenzahn und die blaue, duftende Wiesensalbei. Insekten, Wildbienen und Schmetterlinge tummelten sich an den Blüten. Zwischen den Gräsern hatte eine Wespenspinne ihr Netz gespannt.

Plötzlich machte Daniela sehr zur Enttäuschung von Rolf auf dem Absatz kehrt. Sie rannte hinüber zu der Weide, die ihre gewaltigen Äste in vollem Grün gegen den Himmel reckte. Es war einer der schönsten Bäume von Buchenloh. Und nicht umsonst hatte Daniela ihn zu ihrem Lieblingsbaum auserkoren. In der Weide ließ sich herrlich klettern. Manche Äste boten einen bequemen Platz zum Sitzen.

Für Daniela war dieser Baum alles, Turngerät und stille Ecke, Schlupfwinkel, in den man sich verkriechen konnte, und manchmal auch Versammlungsort, wenn die vier etwas zu beratschlagen hatten.

Ehe sie sich mit einem kräftigen Aufschwung in die Höhe zog, gab sie dem Hund ein Zeichen.

„Keine Angst, Rolf, ich bin gleich wieder da."

Gewandt kletterte sie von Ast zu Ast, bis sie die gewünschte Höhe erreicht hatte. Da gab es zwischen zwei Ästen eine Lücke, durch die man bis in den hintersten Winkel von Buchenloh sehen konnte. Auf der Weide am Fluß, der die Grenze zum anschließenden Naturschutzgebiet bildete, sah sie Maria. Doch die Schwester war nicht allein. Lisa war bei ihr.

Daniela mußte daran denken, wie alles angefangen hatte, damals, als die Straße durch Buchenloh und das Naturschutzgebiet gebaut werden sollte. Sie hatte hier oben in der Weide gestanden und die Landvermesser mit ihren Fluchtstäben entdeckt. Dann hatte der Kampf gegen diese Straße begonnen. Und seit dieser Zeit war Maria mit Lisa, der Tochter des einen Landvermessers, befreundet.

„Zu dumm", murmelte Daniela. Nun konnte sie also auch nicht mit der kleinen Schwester reden. Es war wirklich wie verhext. Entweder waren sie nicht da, oder sie hatten keine Zeit. Und das ausgerechnet, wenn man sie brauchte.

Daniela ließ sich Ast um Ast tiefer herunter und sprang mit elastischem Sprung auf die Erde, wo Rolf sie freudig begrüßte. Sie hockte sich hin und legte ihm die Arme um den Hals.

Stockend und unter Tränen flüsterte sie dem Hund ihren Kummer ins Ohr. Daß sie Norman vermißte, daß sie Angst hatte, er könnte sie vergessen und sich einem anderen Mädchen zuwenden. Nichts ließ sie aus.

Und während der Hund ihre Wangen und den Hals leckte, erzählte sie ihm, wie verlassen sie sich vorkam und wie einsam und überflüssig. Der Hund gab ihr zu verstehen, wie sehr er sie mochte. Doch das war nur ein kleiner Trost.

Spuren dieser Tränen waren Daniela noch beim Abendbrot anzusehen, als alle sich um den großen Tisch versammelten. Das Eßzimmer war die ehemalige Anrichte, ein Raum neben der Küche, den viele Bauernhäuser haben. Er war gerade so groß, daß noch eine Eckbank und die Stühle darin Platz hatten.

Nach einem besorgten Blick auf ihre traurig aussehende Tochter meinte Corinna: „Es tut mir leid, das Einkaufen hat schrecklich lange gedauert."

Bis dahin hatte Peggy in unglaublichem Tempo die Kartoffelsuppe gelöffelt. Nach zwei Stunden Sport hatte sie einen Mordshunger, weil sie sich beim Training immer ziemlich verausgabte. Außer Kunst war Sport das Fach, das ihr am meisten Spaß machte. Peggy hatte eigentlich in allen Fächern gute und sehr gute Noten. Doch sie wußte, darauf kam es nicht an. Nur mit sportlichen Leistungen konnte sie Mitschüler beeindrucken und sich einen passablen Stand in der Schule verschaffen. Wegen ihrer dunklen Hautfarbe wurde sie oft gehänselt. Doch wenn sie schneller lief, höher sprang und die Bälle weiter warf, hielten die Spötter die Klappe.

„Für mich war's gut, Mam, sonst hättest du mich nicht abgeholt."

Peggy hatte recht. Trotzdem wirkte Corinnas Lächeln zerknirscht. Sie strich sich eine Strähne ihres dunklen Haares aus der Stirn. So war das eben. Machte man es der einen Tochter recht, benachteiligte man womöglich eine andere. Hanno hatte im Hinblick auf Dan eine Andeutung gemacht, die ihr zu denken gab.

Nicht einmal nach dem Abendessen blieb viel Zeit. Ausgerechnet heute mußten sie zum Informationsabend für die Projektwoche in die Schule.

„Hoffentlich dauert das, was die Lehrer zu erzählen haben, nicht so lange." Hanno zwinkerte seiner Frau aufmunternd zu.

„Es ist das erstemal, daß wir so was machen", sagte Gaby, die ebenfalls mit gutem Appetit aß. Im Gegensatz zu der sportlichen Peggy mußte sie eigentlich auf ihre Linie achten. Doch an diesem Tag scherte sich Gaby nicht um Pubertätsspeck. Nach dem schweren Referat hatte sie diese Stärkung verdient, fand sie.

„Ihr glaubt gar nicht, was der Schreier für ein Theater macht. Deshalb mußte ich das Referat unbedingt bis morgen fertig haben. Er ist nämlich strikt gegen die Projektwoche, weil zu viel Unterricht ausfällt."

Maria nickte. „Der ist nicht der einzige. Unsere Mathelehrerin ist heute auch richtig gehässig darüber hergezogen."

Nachdem Hanno die zweite Runde Suppe aufgefüllt hatte, stellte Corinna fest: „Ich würde sagen, es kommt drauf an, was statt des normalen Unterrichts angeboten wird. Gut vorbereitete Projekte können sicher ein schöner Ersatz sein."

Jetzt strahlte Maria. Ihre schwarzen Augen blitzten. Sie stieß den Löffel so temperamentvoll in die Suppe, daß es spritzte.

Ungerührt davon, sagte sie: „Ich freue mich jedenfalls. Wann habe ich schon Gelegenheit, in der Schule mit einer von euch was gemeinsam zu machen?"

„Habt ihr denn schon Projekte gewählt?" erkundigte sich Hanno.

„Aber ja, Paps, ich habe es dir doch gleich erzählt, als ich nach Hause gekommen bin."

„Moment, du hast gesagt, Peggy und du würdet in eine Zirkusvorstellung gehen."

Schallend wurde er von seinen beiden Töchtern ausgelacht. Maria und Peggy prusteten und kicherten.

„O stréga, Paps!" Maria verdrehte die Augen.

Nun klärten sie den Vater darüber auf, was das Projekt ‚Zirkus' bedeutete: zehn Tage als Hilfskräfte beim Zirkus ‚Fliegenpilz', der in der Nachbarstadt gastierte.

„Verstehst du, wir werden da nicht nur hinfahren, um uns die Vorstellung anzusehen." Peggy reckte sich. „Wir werden mit den Zirkusleuten zusammen wohnen, essen und arbeiten."

„Hm." Corinnas Gedanken schweiften zurück in ihre Kindheit. Artisten am Hochseil, Tiger, die durch einen Reifen sprangen, die Kunstreiterin auf dem Lipizzaner; das alles hautnah mitzuerleben, doch, das stellte sie sich ebenfalls wunderbar vor.

Gabys dunkler Haarschopf, immer noch über den Teller gebeugt, brachte sie in die Gegenwart zurück.

„Und du, was wirst du in dieser Woche machen?" fragte sie.

In Erinnerung an die schöne Zeit in Dänemark, wo sie Fotos von Wildgänsen und der Blauflügelente geschossen hatten, wollte Gaby durch das Projekt ‚Fotografieren' ihre Grundkenntnisse erweitern.

Mit eifrigem Gesicht meinte sie: „Ich möchte es einfach so gut können, daß die guten Bilder mehr sind als Zufallstreffer."

„Kann ich gut verstehen", pflichtete Peggy ihr bei. „Daran habe ich zuerst auch gedacht. Aber als ich dann das Projekt ‚Zirkus' gesehen habe..."

„Na, Dan, und was hast du gewählt?" fragte Corinna behutsam. Ihr war nicht entgangen, wie teilnahmslos Daniela am Abendbrottisch dagesessen hatte.

Immer noch in ihren Weltschmerz vergraben, winkte Daniela ab. „Ich? Ach, nichts Besonderes. Bloß das Projekt ‚Naturschutz'."

Schule, mal ganz anders

Mit gemischten Gefühlen kehrte Corinna von der Elternversammlung zurück. Was die einzelnen Lehrer an Projekten vorgestellt hatten, hatte ihre volle Zustimmung gefunden, selbst wenn das eine oder andere ihr ein bißchen abwegig erschien. Manches begeisterte sie sogar, wie das Projekt ‚Zirkus', das Peggy und Maria gewählt hatten. Doch die Reaktion einiger Eltern gerade dazu machte sie regelrecht wütend.

Während sie mit Hanno den Abend bei einem Glas Wein ausklingen ließ, gab sie ihrer Empörung Ausdruck.

„Frau Dr. Peters hat sich das so gut überlegt. Die Kinder werden nicht nur etwas Handfestes tun, sondern auch eine völlig andere Lebensweise kennenlernen. Und da haben dann diese Väter und Mütter tausend Bedenken, daß ihr Karlchen nicht jeden Tag duschen kann oder – wie die eine Mutter sagte – daß sie zehn Tage in ‚schweinestallähnlichen Zuständen' verbringen müßten."

Hanno, der ihr Unverständnis für diese Art von Elternsorgen teilte, meinte: „Schlimmer fand ich den Vater, der fragte, was die Kinder dafür kriegen würden, wenn sie dort arbeiteten."

„Stimmt, das war wirklich das allerletzte." In Corinnas Augen funkelte es.

Die Ähnlichkeit mit Gaby trat in solchen Momenten deutlich hervor. Ohnehin glichen sich Mutter und Tochter sehr. Beide hatten dunkle Haare und strahlend blaue Augen. Aber es war nicht nur das, fand Hanno. Sie hatten dieselbe Gestik, besonders wenn sie sich für etwas engagierten.

Er prostete seiner Frau zu. „Es hat keinen Zweck, sich darüber aufzuregen. Sonst kannst du dich die nächsten zehn Tage nur ärgern. Laß uns hoffen, daß die Projekte das halten, was sie versprechen."

Nachdem sie an ihrem Glas genippt hatte, stellte Corinna es ab. „Ja, das hoffe ich auch für alle. Zumindest Peggy und Maria waren ja völlig aus dem Häuschen."

„Das kann ich gut verstehen." Ein versonnenes Lächeln spielte um Hannos Mund. „Wer hat sich als Kind nicht vorgestellt, zum Zirkus zu gehen. Obwohl ich nicht gerade der Sportlichste war, wollte ich als kleiner Junge immer Trapezkünstler werden. Wie du siehst, ist leider nichts daraus geworden."

„Romantische Vorstellungen vom Zirkus, stimmt, die hatte ich auch", erwiderte Corinna. „Nur war das Ziel meiner Träume die Reiterin im rosa Tüllkleid auf dem weißen Pferd. Dabei hatte ich eigentlich immer etwas Angst vor Pferden, selbst als Kind."

Plötzlich nachdenklich, meinte Hanno: „Ich hoffe nur, daß die Entzauberung für die beiden nicht zu groß wird. Das wäre schade."

„Aber die Wirklichkeit…" Corinna hielt inne. Sie mit ihrem mehr praktischen Lebenssinn konnte Hanno nicht überzeugen, daß die Wirklichkeit auch ohne Träume ihr Gutes hatte. Sie wollte es auch nicht. Gerade dieser Hang zum Träumen machte Hanno zu einem guten und phantasievollen Vater für ihre Töchter. Er hatte in vielen Fällen mehr Verständnis für die Schwärmereien der vier und bot einen guten Ausgleich für Corinnas realistische Denkweise.

„Solange nicht hinterher eine von ihnen zum Zirkus will, bin ich mit allem einverstanden", sagte sie.

„Damit mußt du rechnen." Hanno grinste. „Und wird vermutlich Fotografin werden wollen."

„Mach dich nicht darüber lustig." Corinna drohte mit dem Finger. „Außerdem glaube ich, daß sie keiner so schnell von ihrem Traumberuf Tierärztin abbringen wird."

„Mich wundert, daß sie nicht das Projekt ‚Vom Schaf bis zur Socke' gewählt hat. Das hat mit Tieren und mit Stricken zu tun und hätte eigentlich ihrer Neigung entgegenkommen müssen."

Jetzt lachte Corinna ebenfalls. Doch gleich darauf wurde sie ernst. Die Reaktion ihrer Tochter Dan auf die Projektwoche schien ihr zu dem sonst so lebhaften und begeisterungsfähigen Mädchen nicht zu passen. Überhaupt war Dan in den letzten Tagen niedergeschlagen und unausgeglichen. Da mußte endlich Abhilfe geschaffen werden. Aber Corinna wußte nicht, wie.

Sie war sich darüber im klaren, daß es etwas mit Norman zu tun hatte. Doch wie sollte man das ändern?

„Wenn Dan wenigstens ein Projekt gewählt hätte, das sie wirklich begeistern könnte. Naturschutz ist ja etwas Gutes und Nützliches. Doch meinst du, daß dieser Herr Ziller den nötigen Schwung mitbringt?"

Hanno wußte genau, was Corinna meinte. Herr Ziller mit dem korrekt gescheitelten Haar und der Genauigkeit eines Buchhalters schien auch ihm wenig geeignet, bei seinen Schülern Begeisterung zu wecken.

Trotzdem sagte er: „Vielleicht entwickelt er noch ungeahnte Kräfte."

„Glaubst du daran?" fragte Corinna.

„Nein", schmunzelte Hanno, „aber ich denke, mit einer positiven Einstellung werden wir Eltern diese Projektwoche am besten überstehen. Da kommt sicher noch einiges auf uns zu."

Er sollte recht behalten. Schon beim Aufbruch der beiden „Zirkusleute" in die Nachbarstadt gab es Trubel genug. Maria und Peggy brachten mit ihren Vorbereitungen den ganzen Haushalt durcheinander. Da war zunächst die Sache mit dem Schlafsack.
„Den brauchen wir unbedingt", meinte Peggy. „Wir werden nämlich in richtigen Zirkuswagen schlafen."
Ohne die Eltern zu fragen, durchwühlten sie sämtliche Schränke, Truhen und Kisten bei der Suche nach diesem nützlichen Utensil. Sie fanden keinen Schlafsack, geschweige denn zwei. Dafür mußten alle Sachen neu geordnet und wieder weggelegt werden.
„Ich hätte euch sagen können, daß wir so etwas nicht haben." Corinna faltete ihre Sommerblusen und stapelte sie sorgfältig übereinander.
„Was machen wir denn dann?"
Hochrot im Gesicht und völlig erledigt von dem Suchen, sah Maria sie an. Ihr schien auf einmal das ganze Unternehmen in Gefahr.
„Maledetto, es ist wirklich zum Verzweifeln."
„Ich habe so das dumpfe Gefühl, die einzige, die Grund dazu hat, bist du, Corinna." Hanno Waldmann sah verblüfft auf das Durcheinander vor dem Kleiderschrank im Schlafzimmer.

Peggy hängte sich an seinen Arm. „Wie sollen wir denn die Nacht verbringen, Paps, wenn wir keinen Schlafsack haben? Wir können doch nicht..."

Auch ihr dunkles Gesicht zeigte deutliche Spuren ihres Eifers. Zwei Staubstreifen zogen sich quer über die Wange, und ein paar Haare klebten auf ihrer Stirn.

„Und wenn ihr nun jeder zwei Decken nehmt", schlug Corinna vor.

„Aber Mam!" Marias schwarze Augen weiteten sich entsetzt. „Alle haben einen Schlafsack."

Ungerührt antwortete Corinna: „Alle haben dann wahrscheinlich mehr Geld als wir. Du kannst doch nicht verlangen, daß wir nur für diese Projektwoche zwei Schlafsäcke kaufen. Und dann braucht ihr sie nie wieder."

Es war das falsche Argument. Sie merkte es sofort. Peggy zog die Schultern in dieser Art hoch, die deutlich machte, wie begriffsstutzig Eltern manchmal sein konnten.

„Einen Schlafsack kann man immer gebrauchen", hielt sie der Mutter entgegen.

Das sah Hanno ein. Doch leider war es gleichfalls ein Argument, kein Geld dafür zu haben. Er überlegte. Eine andere Möglichkeit mußte her.

„Ich gehe mal telefonieren", sagte er.

Da Corinna das für ein Manöver hielt, um sich dem Disput zu entziehen, warf sie ihm einen empörten Blick zu. Doch der traf nur noch seinen Rücken. Wütend vor sich hin murmelnd, machte sie sich daran, die Sachen in der Truhe auf dem Flur neu zu ordnen.

„Mam, was machen wir bloß?" fragte Peggy.

„Laßt mich jetzt bloß mit diesem Schlafsack in Ruhe", fuhr Corinna sie an. „Dank eurer Hilfe habe ich ja, wie ihr seht, anderes zu tun."

Sichtlich gekränkt schob Peggy die Unterlippe vor. Wie konnte Mam nur so ungerecht sein? Sie sah die kleine Schwester vielsagend an, und sie schlichen aus dem Zimmer.

Erst als Hanno eine Viertelstunde später mit der Nachricht kam, daß sie von Doktor Zanders Söhnen Florian und Hendrik die Schlafsäcke ausleihen könnten, erkannte Corinna, daß sie ihm Unrecht getan hatte.

„Ich habe meine Wut an dir ausgelassen", gestand sie ihm zerknirscht. „Allerdings nur verbal und ziemlich leise."

„Was muß ich hören?" Hanno zog in gespielter Entrüstung die Augenbrauen hoch. Dann nahm er sie in die Arme. „Komm, Schatz, du siehst aus, als könntest du eine Pause gebrauchen."

Sein Trost stärkte Corinna. So war sie dem nächsten Ansturm besser gewachsen. Denn das Packen vollzog sich in ähnlich dramatischen Szenen. Peggy und Maria trugen Sachen zusammen, womit sie ganze Schrankkoffer hätten füllen können.

Entgeistert kratzte Hanno sich am Kopf. Dann zwinkerte er Corinna zu. Laß mich das machen, hieß das.

„Was habt ihr vor, ihr beiden?" fragte er. „Wollt ihr auswandern?"

Zwei verständnislose dunkle Augenpaare richteten sich auf ihn. Maria klatschte ungeduldig in die Hände. Es war zu dumm, daß man Eltern alles erst lang und breit erklären mußte.

„Die Hosen brauche ich zum Arbeiten, wenn wir den Zirkusleuten helfen, verstehst du? Und die hier sind für abends oder wenn wir mal freihaben..."

Nur den vorsichtigen Einwänden Hannos war es zu verdanken, daß das Gepäck schließlich eine handliche Größe hatte. Als er sie zum Bahnhof gebracht hatte und von dort zurückkam, atmeten Corinna und er auf.

Hanno ließ sich in einen Sessel fallen und streckte die Beine weit von sich. „Puh, jetzt haben wir hoffentlich unsere Ruhe."

„Bist du etwa froh, daß Peggy und Maria weg sind?" erkundigte sich Daniela mit einem vorwurfsvollen Unterton in der Stimme.

Genau wie Gaby hatte sie es sich nicht nehmen lassen, mit zum Bahnhof zu fahren. Der Abschied der Schwestern war, wie Hanno belustigt festgestellt hatte, eine regelrechte Zeremonie gewesen, so als führen Peggy und Maria nach Amerika. Dem Vater gegenüber hatten sich die beiden Mädchen kühler verhalten. Sie waren jetzt in dem Alter, wo sie sich genierten, vor den Klassenkameraden zu viel Gefühl zu zeigen. Ein flüchtiger Kuß auf die Wange, von Peggy rechts, von der Jüngsten links, das war alles.

„Na, und ob", behauptete Hanno.

Niemand wußte so gut wie er, daß er seine Töchter

vermissen würde. Keine Peggy, die abends mit ihrem Skizzenblock auf der Fensterbank hockte. Keine Maria, deren helle klare Mädchenstimme durchs Haus schallte. Wie schwer das für ihn sein würde, mußten Daniela und Gaby eigentlich wissen.

Doch Daniela konnte im Augenblick keinen Spaß vertragen. Um ihren Mund zuckte es schmerzlich.

„Ach so ist das", sagte sie leise.

Als Hanno sah, was er angerichtet hatte, stand er erschrocken auf. Er griff nach Danielas Arm. „Aber, Dan, du glaubst doch nicht wirklich..."

„Nein, natürlich nicht", sagte Daniela. Sie entzog sich ihm und ging hinüber in die Küche.

Hilfesuchend blickte Hanno seine Frau an. „Ich habe doch nur einen Scherz gemacht."

Er wandte sich an Gaby. „Du weißt doch sicher..."

Mit beiden Armen umschlang Gaby seinen Hals. Sie küßte ihn herzlich. „Klar weiß ich und Dan weiß das auch, daß du die beiden am meisten vermissen wirst. Sie hat das nur in den falschen Hals gekriegt. Das kommt in letzter Zeit öfter vor. Mit ihr ist im Moment nichts anzufangen."

„Auf die leichte Schulter darf man das trotzdem nicht nehmen", glaubte Corinna ihre Älteste ermahnen zu müssen. „Ich glaube, Dan braucht unsere Hilfe."

Der Appell war überflüssig. Gaby hatte durchaus Verständnis für die Schwester. In dieser Lage hatte sie sich selbst schon befunden. Trotzdem war das mit der Hilfe ein Problem.

„Ich kann Norman nicht herbeizaubern", sagte sie. Ihre blauen Augen schauten die Eltern fragend an.

„Ich weiß", seufzte Corinna. „Wollen wir hoffen, daß die Projektwoche Dan ein bißchen ablenkt."

Schon mittags zeigte sich, daß von dieser Therapie nicht viel zu erwarten war. Daniela kam mit mauligem Gesicht vom ersten Projekttag zurück.

Hanno und Corinna, die insgeheim geglaubt hatten, das Mädchen würde sich von dem Thema fesseln, wenn nicht gar begeistern lassen, sahen ihre schlimmsten Erwartungen bestätigt.

Trotzdem fragte Corinna munter: „Wie war's denn, Dan?"

Nur ein schlaffes Winken mit der Hand war die Antwort.

Nicht aufgeben, dachte Corinna. „Gerade Naturschutz müßte dich doch interessieren. Du magst Tiere und…"

Gequält zuckte Daniela die Achseln. „Sicher, und auch Pflanzen, vor allem Bäume. Ich möchte gern wissen, wie das alles zusammenhängt, wie ein Biotop funktioniert und so. Aber der Ziller hat den ganzen Vormittag nichts anderes getan als uns irgendwelche Zahlen an den Kopf geworfen. Einblick in die statistischen Grundlagen, so nennt er das. Mich ödet das jedenfalls an."

Hanno, der bei Danielas letztem Satz in die Küche gekommen war, registrierte mit Freude das Blitzen in den grünen Mädchenaugen. Solange der kämpferische

Funke nicht verlosch, brauchte er sich nicht zu große Sorgen um seine Tochter zu machen. Sie würde sich von dem Schmerz um Norman nicht unterkriegen lassen.

„Morgen wird es bestimmt besser." Er überlegte. „Oder vielleicht könnt ihr Herrn Ziller Vorschläge zur Gestaltung des Projekts machen."

Erneut winkte Daniela ab. „Haben wir ja versucht. Axel hat vorgeschlagen, daß wir nachforschen, welche Naturschutzgruppen es in unserer Stadt überhaupt gibt und was die im einzelnen machen."

„Eine gute Idee", meinte Corinna.

„Von wegen, gute Idee! Wie vor eine Mauer sind wir gelaufen. Das hätte er eben anders geplant, hat der Ziller gesagt. Damit hatte es sich."

Nachdenklich stützte Corinna ihr Kinn in die Hand. „Seltsam", meinte sie, „da muß ich etwas bei diesem Informationsabend falsch verstanden haben. Ich dachte, das Besondere bei diesen Projekten sei gerade, daß mit den Schülern zusammen geplant wird."

„So wurde es uns zumindest gesagt", bestätigte Hanno.

„Bei Frau Arendt ist das toll." Daniela nickte. „Ich habe Maike im Bus getroffen, die hat mir davon erzählt. Sie haben alles mit ihr gemeinsam festgelegt, was sie genau machen wollen, welche Gruppen sie brauchen, Arbeitsmaterial, überhaupt alles."

Was sollte man als Eltern dazu sagen? Corinna und Hanno verständigten sich mit Blicken. Der eine Lehrer machte seine Sache besser, der andere schlechter. Eltern hatten darauf wenig Einfluß, nur die Mühe, das ihren Kindern begreiflich zu machen und sie zu trösten, wenn die Schule sie enttäuschte.

„Ich würde es morgen trotzdem noch einmal versuchen", sagte Corinna. „Wer weiß, vielleicht hat Herr Ziller ein Einsehen."

Sie ahnte selbst, wie schwach das als Trost war. Und der Erfolg war dementsprechend. Mißgelaunt wie Daniela nach Hause gekommen war, schob sie in ihr Zimmer ab.

„Da bin ich ja gespannt, wie es Gaby ergangen ist." Seufzend schnippelte Corinna weiter die Bohnen klein.

Hanno suchte sich ein Messer aus der Schublade, um ihr zu helfen. „Nun, sie wird sicher ziemlich müde sein. Sie sind heute sehr früh aufgestanden."

Doch es kam noch schlimmer. Eine blasse Gaby, total erschöpft und mit Ringen unter den Augen, kehrte von ihrem ersten Projekttag zurück. Das war nachmittags um vier.

„Du meine Güte, wie siehst du denn aus?" entfuhr es Corinna.

Gaby setzte sich in der Anrichte an den Tisch, legte beide Arme darauf und fing an zu weinen. Sanft strich ihr Corinna übers Haar. Sie wartete ab. Aus dem schluchzenden Mädchen konnte sie im Moment sowieso nichts herausbringen.

Erst als Gaby sich etwas beruhigt hatte und die Tränen versiegten, hörte Corinna mit dem Streicheln auf.

Unwillkürlich mußte Gaby lächeln. „Mam, es ist nichts, wirklich. Ich bin nur total k. o."

„War's denn wenigstens schön?"

Corinna holte ein Glas Milch aus der Küche. „Komm, erzähl mal."

Gabys Antwort zeigte ihr, daß sie die Situation verkannte. Ihre Älteste hatte nicht nur vor Erschöpfung, sondern vor allem aus Enttäuschung geweint.

„Weißt du, was der Meise gemacht hat? Er hat uns in die Stadt geschickt und gesagt, dort sollten wir fotografieren."

„Allein?" Corinna runzelte die Stirn. „Ist er nicht mitgegangen? Und hat er euch denn nicht vorher erklärt, wie man das macht? So ein bißchen Theorie?

Gaby schüttelte den Kopf. „Kein Stück. Da waren einige, die hatten noch nie einen Fotoapparat in der Hand. Die wußten gar nicht, was sie machen sollten."

„Aber hinterher habt ihr euch doch bestimmt getroffen, um die Ergebnisse zu besprechen?" fragte Corinna.

Doch Gaby, die sich inzwischen gestärkt hatte, lächelte nur. Es war der klägliche Versuch, der Sache etwas Komisches abzugewinnen. Dann zuckten ihre Mundwinkel verächtlich.

„Nein, Mam. Den Meise habe ich nicht mehr gesehen. Um drei bin ich mit dem Bus einfach nach Hause gefahren."

„Dann bist du die ganze Zeit über in der Stadt gewesen?" Corinna glaubte, ihren Ohren nicht zu trauen.

„Was hast du denn da gemacht?"

„Ach, ich bin einfach so rumgelaufen und habe ein bißchen fotografiert. Das Rathaus, den Brunnen vor der Post, Passanten. Aber dann wußte ich nicht mehr, was ich da noch sollte."

Langsam wurde Corinna alles klar, und Wut stieg in ihr auf. Wie begeistert hatte Gaby noch am Tag vorher von ihrem Projekt gesprochen. Sie wollte fotografieren lernen. Seit sie in Dänemark die Bilder von den Wildgänsen und der Blauflügelente gemacht hatten, waren sich alle vier Schwestern darin einig, daß das ein tolles Hobby sei. Bei Gaby hatte diese Begeisterung am längsten angehalten. Und nun hatte der Lehrer die Sache gründlich verpatzt.

Obwohl sich Corinna im stillen nur wundern konnte, fragte sie betont munter: „Wie geht's denn morgen weiter?"

Müde strich sich Gaby das Haar aus der Stirn. „Wir sollen morgen früh noch mal in die Stadt gehen, hat der Meise gesagt."

Corinna mußte alle ihre Kräfte anspannen, um nicht deutlich werden zu lassen, wie aufgebracht sie war. Erst als Gaby und Daniela abends in ihre Zimmer gegangen waren, ließ sie ihrem Unmut freien Lauf.

„Es ist einfach eine Unverschämtheit", stellte sie fest. „Wie kann ein Lehrer, abgesehen von allem anderen, nur die Zeit seiner Schüler derart vergeuden?"

Diesmal sah Hanno die Sache nüchterner. Er war bereit, jedem engagierten Lehrer seine Anerkennung zu zollen. Aber im großen und ganzen machte er sich wenig Illusionen.

„Reg dich nicht auf, Schatz. Es lohnt sich nicht. Du kannst Herrn Meise nicht ändern." Er legte Corinna den Arm um die Schulter. „Mein Vorschlag ist, Gaby bleibt morgen zu Hause, und wenn sie will die ganze Woche. Und wir beide, du und ich, hoffen, daß das Projekt der beiden anderen nicht auch noch ein Reinfall ist."

Corinna, die sonst jedem Vorschlag, die Schule zu schwänzen mit entsprechenden Argumenten begegnet wäre, nickte.

„Einverstanden. Ich glaube, wir brauchen uns keine Vorwürfe zu machen, wenn wir Gaby in diesem Fall eine Entschuldigung schreiben und sie hierbleibt."

Zwei Schwestern unterm Zirkuszelt

‚Fliegenpilz' war der richtige Name. Das kräftiggrüne Zelt trug ein rotes Dach mit weißen Punkten. Seitlich davon standen Wohnwagen und rote Laster mit einem großen ‚CF' für ‚Circus Fliegenpilz'. Auch Ställe und Gehege entdeckten die Schüler sofort.

„Mann, seht euch doch bloß mal dieses Vieh an!" Hinter Peggy deutete Andrea auf ein rotbraunes, zottiges Ungeheuer mit langen Hörnern.

„Unverkennbar eine Kuh", stellte Gerrit, ein Junge

aus dem zehnten Jahrgang, fest.

Während Peggy zweifelnd die Nase kraus zog, lachte jemand. Sie drehten sich um.

Auf den Stufen eines Wohnwagens stand ein Mann in schwarzen Hosen und gelber Weste. Sein graumeliertes Haar war lang, aber straff zurückgekämmt. Als er sprach, unterstrich er jeden seiner Sätze mit großartigen Gesten.

„Das ist Wendy, ein schottisches Hochlandrind. Sie ist ein Höhepunkt der Exotenschau in der Manege."

Frau Doktor Peters drängte sich durch die Schülerschar. Wenn ein Wort zu dieser Lehrerin paßte, dann war das „korrekt". Von den glatt gescheitelten blonden Haaren über die graue Hose mit Bügelfalten bis zu der Mappe mit den Unterlagen war alles an ihr wohlgeordnet.

Sie war nicht größer als Gaby, aber trotzdem eine energische Person, die sich bei Schülern durchzusetzen vermochte. Erstaunlich war eigentlich nur, daß ausgerechnet sie dieses Projekt angeboten hatte. Ins Zirkusleben schien sie wenig zu passen.

Ohne Umschweife reichte sie dem Mann in der gelben Weste die Hand. „Sie sind sicher der Direktor, Herr...?"

„Psst", machte der Mann. „Keinen Namen. Direktor, das reicht. Ich begrüße euch im Zirkus ‚Fliegenpilz' als hilfreiche Geister und hoffe, daß wir gut miteinander auskommen. Alles, was die Organisation angeht, werdet ihr von Gabriel erfahren. Er ist unser Mädchen für alles."

„Ich dachte, Gabriel sei ein Engel", flüsterte Maria, die sich dicht an Peggy hielt, der Schwester ins Ohr.

Wie ein Engel sah dieser Gabriel auch aus. Er hatte eine blonde Lockenpracht, um die ihn die Mädchen beneideten. Sie reichte ihm weit über die Schultern. In den nächsten Tagen erfuhren sie, daß Gabriel nur zu besonderen Anlässen seine Haare zu einem Pferdeschwanz bändigte.

Als Mädchen für alles war er prima. Er erklärte ihnen, welche Wagen Artisten gehörten und welche den Handlangern, die beim Aufbau und Abbau und bei der Versorgung der Tiere halfen. Er zeigte ihnen Küchen- und Toilettenwagen.

„Wir wollen ihn mit PVC auskleiden. Das ist eine der Arbeiten, bei denen ihr uns helfen könnt."

„Kann man da jetzt nicht drauf?" fragte die jüngste Teilnehmerin an diesem Projekt, Susanne.

„Nein, wenn ihr also mal müßt, schlagt euch einfach in die Büsche."

Das war nicht die einzige Überraschung, die sie erwartete. Gerrit, der sich eben mit seiner „Kuh" blamiert hatte, fragte: „Du hast uns so viele Wagen gezeigt. Wo ist denn nun unserer?"

Darauf waren sie alle gespannt. Daß sie in einem richtigen Zirkuswagen schlafen würden, war für die meisten mit ein Anreiz gewesen, sich dieses Projekt auszusuchen.

„Tja, das hat leider nicht so geklappt, wie wir uns das dachten", antwortete Gabriel. „Den Wagen könnt ihr erst morgen haben."

Während einige ihrer Enttäuschung lautstark Ausdruck gaben, murmelten andere nur „verdammt" oder „so 'n Mist" vor sich hin. Peggy aber fand, daß es nicht schlimm war, wenn sie einen Tag darauf warten mußten, solange sie nur überhaupt den Wagen bekamen. Sie sah da ein ganz anderes Problem.

„Und was machen wir heute nacht? Wo sollen wir denn schlafen?"

„Keine Bange!" Gabriel schüttelte seine blonden Locken. „Dafür ist gesorgt. Ihr könnt in der Manege übernachten."

Nein, um Peggy und Maria brauchten sich die Eltern keine Sorgen zu machen. Das Projekt ‚Zirkus' hielt, was es versprochen hatte, gerade weil die Organisation nicht reibungslos ablief.

Den Nachmittag verbrachten sie damit, sich mit den meisten Zirkusleuten bekannt zu machen: Da waren Artisten, die eine Feuer- oder Taubennummer vorführten, ein Jongleur, die Küchenfee Manuela, eine dralle Spanierin mit feurigen Augen und einem schnellen Mundwerk und vor allem der traurig blickende Clown Toto.

Auch viele Kinder unterschiedlichen Alters gehörten zum Zirkus. Eine der Aufgaben, die die Projektgruppe zu erfüllen hatte, war, die Kinder im Krabbelalter während der Vorstellung zu betreuen. Das war nicht einfach, weil manche sehr wild und temperamentvoll waren.

„Bin ich froh, daß wir zu den Tieren durften." Peggy spießte einen Heuballen mit der Forke auf.

Das war eine Arbeit, die Spaß machte und sie an zu Hause erinnerte. Außerdem sollte dieses Heu Othello bekommen, ein Pferd, das zwar nicht besonders hübsch, aber sehr lieb aussah.

Maria, die einem der Tierpfleger dabei half, die Wildschweine zu füttern, setzte den schweren Eimer ächzend ab.

„Und ich erst", sagte sie. „Heike kann einem leid tun. Hast du gesehen, daß der kleine Max ihr auf die Hand getreten ist? Als sie gesagt hat, er solle runtergehen, hat er noch einmal fest zugetreten."

„Hm", war alles, was Peggy darauf sagte.

Ihr Mitleid mit Heike war nicht groß. Dieses unscheinbare blasse Mädchen mit der Brille gehörte nämlich zu Peggys ausgesprochenen Feindinnen. Sie hatte genau wie Beate zu Peggys Entsetzen dieses Projekt gewählt. Schon mehrmals hatten sich diese beiden Freundinnen zusammen mit einem anderen Mädchen Peggy vorgenommen und sie bösartig gehänselt. Immer war es dabei um dasselbe gegangen, daß Peggys Hautfarbe dunkel und sie eine Waldmann-Tochter war.

Oft war das auf dem Schulhof gewesen. Peggy sah wieder alle Schüler und Schülerinnen um sich herumstehen. Manche feixten, andere lachten und johlten. Einige taten gar nichts. Sie standen nur da und sahen zu.

Als Peggy feststellte, daß Heike und Beate mit beim Zirkus sein würden, hatte sie überlegt, ob sie das

Projekt überhaupt nehmen sollte. Doch für sie war es eindeutig das beste, das angeboten wurde. Außerdem war da die kleine Schwester gewesen, die sie bestürmte. Das hatte den Ausschlag gegeben. Mit dem festen Vorsatz, den beiden nach Möglichkeit aus dem Weg zu gehen, war sie losgefahren. Einfach würde das nicht sein, das wußte sie. Denn die Gruppe bestand nur aus zwölf Schülern.

„Sieh mal die Tauben, die sind hübsch."

Maria schaute durch das Gitter ins Käfiginnere. Die Tauben hatten alle ein schneeweißes Gefieder. Mit gefächertem Schwanz hockten sie auf ihren Stangen. Einige hatte die Augen geschlossen, andere äugten in ihre Richtung. Da nahm Maria eine Handvoll Körner aus dem Eimer, um die Näpfe neu zu füllen. Sie tat es ganz selbstverständlich, wie sie es für ihren Wellensittich Pulciano immer machte.

„Meine Tauben füttert nur einer, und das bin ich." Hochrot vor Zorn stand plötzlich die Artistin der Taubennummer vor ihr. Sie raffte ihr blaues Tüllkleid zusammen, und ein langer Wortschwall ergoß sich über den Tierpfleger Carlos, der mit der Schubkarre zurückkam.

Völlig verwirrt schaute Maria von einem zum anderen. Worte wie „Unverschämtheit", „tausendmal gesagt" und „beim Direktor beschweren" schwirrten an ihrem Ohr vorbei. Schließlich rauschte die Artistin davon.

„Tut mir leid, Carlos", sagte Maria. „Es war meine

Schuld. Weißt du, ich habe zu Hause auch einen Vogel, einen Wellensittich. Pulciano heißt er."

Gleichmütig hob Carlos einen Sack auf die Karre. „Macht nix. Sie glaubt sowieso, daß sie was Besseres ist. Glauben viele Artisten. Wir, wir sind nur da für machen Dreck weg."

Hilflos zog Maria die Schultern hoch. Was sollte sie dazu sagen? Sie blickte hinüber zu Peggy, die diesen Auftritt mit Verwunderung verfolgt hatte.

Markus, ein Klassenkamerad von Gaby, der weiter hinten im Stall die Ziegen versorgte, sprach aus, was beide dachten: „Und ich habe immer gedacht, die sind hier wie eine einzige große Familie, wo jeder für jeden einsteht."

Ihren Kummer, daß sie die Verursacherin dieses Streits gewesen war, vergaß Maria wenig später beim Abendessen, das ziemlich früh eingenommen wurde, weil am Abend zwei Vorstellungen stattfanden, eine um sechs und eine um neun Uhr.

Sie aßen alle gemeinsam vor dem Küchenwagen, wo man einfach Tische und Stühle auf die Wiese gesetzt hatte. Während sie sich über die Erbsensuppe hermachten, kam Gabriel angelaufen.

„Zwei von euch Mädchen könnten wir brauchen, um den Käse anzubieten."

„So 'n Käse." Gerrit lachte laut und sah sich beifallheischend um.

Beate, groß und blond und von ihrer eigenen Schönheit überzeugt, stimmte in sein Gelächter mit ein.

Das brachte Peggy auf. Sie schob ihren Teller zurück und stand auf. „Das mache ich gern, wenn du mir sagst, wie das geht."

„Ich auch", meinte Maria.

„Ihr könnt ruhig erst aufessen. Dann kommt ihr rüber zu dem Wagen dort. Dort erklär' ich euch alles."

Nur flüchtig nickte ihnen Gabriel zu. Er hatte noch etwas auf dem Herzen. „Zum Kartenabreißen wäre auch noch jemand nötig."

Dazu erklärten sich gleich mehrere bereit. Gabriel suchte sich Andrea aus.

Die Aufgabe, die sich Maria und Peggy gewählt hatten, war nicht schwer. Da der Zirkus ‚Fliegenpilz' aus der Schweiz stammte, bot er seinen Gästen vorm Eingang kleine Käsestückchen an, die mit einem Schweizer Fähnchen dekoriert waren. Doch die beiden Schwestern sollten die entsprechenden Tabletts nicht nur halten und herumreichen, sondern sie sollten sich dazu umziehen.

„Ein schwarzes Kleid", staunte Maria, „so etwas habe ich noch nie getragen."

Peggy hielt ein weißes Stück Stoff hoch. „Und sieh mal, das gehört dazu."

„Was ist das?"

Jetzt stülpte sich Peggy den Gegenstand auf ihr schwarzes Kraushaar. „Eine Haube."

Als sie fertig umgezogen waren, begutachteten sie sich gegenseitig. Ungewöhnlich sahen sie aus in den schmalen schwarzen Kleidern mit der kurzen weißen

Schürze davor. Die dazu passende Haube stand beiden gut. Maria kicherte.

„Mamma mia, die Dienstmädchen in alten Filmen sehen immer so aus. Wenn Mam uns bloß sehen könnte..."

An der Tür zögerte Peggy, bevor sie die Klinke herunterdrückte. „Die andern werden ganz schön lachen, und Beate wird sicher eine gehässige Bemerkung machen."

Das war für Maria gleichfalls ein Problem. Sie drehte eine Locke um ihren Zeigefinger und verzog das Gesicht. „Ich geniere mich ein bißchen. Ich komme mir so, so gar nicht wie ich selbst vor..."

„Geht mir genauso." Peggy sog tief die Luft ein. Dann lachte sie. „So was Blödes. Paps würde sagen, was wir uns eingebrockt haben, müssen wir auslöffeln."

Mit Schwung riß Maria die Tür auf. „Und was wir angezogen haben, ziehen wir hinterher wieder aus."

Sie hob das Kinn und stolzierte nach draußen. Doch es wurde halb so schlimm. Die Gruppe hatte sich inzwischen zerstreut. Andrea und Susanne waren schon dabei, Karten abzureißen; Heike und Gerrit hüteten die Krabbelkinder. Andere trieben sich in den Ställen herum oder schlichen ins Zelt, um die Vorstellung zu sehen.

Nur Beate stand auf ihrem Posten. Sie lehnte äußerst dekorativ am Wagen des Direktors zwischen den Blumenkästen, ihre linke Hand wühlte in ihren blonden Haaren. Mit geweiteten Nasenlöchern maß sie die beiden Schwestern von oben bis unten. Sichtlich enttäuscht zuckte sie die Schultern.

„Oho, die Waldmann-Töchter diesmal nicht auf Ökotrip", höhnte sie. „Sehr apart, wirklich."

Obwohl innerlich darauf gefaßt, daß so etwas kommen mußte, zuckte Maria zusammen. Sie wurde blaß. Am liebsten hätte sie dieser doofen Ziege eins auf den Mund gegeben. Doch diesen Einsatz war Beate nicht wert.

Als Peggy sah, wie die kleine Schwester verächtlich die Mundwinkel verzog, tätschelte sie ihr die Schulter. Dann aber lachte sie schallend. Im Gegensatz zu Maria war ihr nicht entgangen, daß in Beates Stimme geheimer Neid mitgeschwungen hatte. Und das war zu komisch.

Den Kopf jetzt mindestens so stolz erhoben wie Maria, ging sie an Beate vorbei, ohne sie eines Blickes zu würdigen. Eins stand fest: Das schwarze Kleid mit Schürze und Häubchen stand ihnen besser, als es Beate für möglich gehalten hatte, ja, und irgendwie waren sie stolz darauf.

In diesem Bewußtsein hielten sie den Zirkusbesuchern das Tablett mit den Käsestückchen entgegen. Manch einer, der es eigentlich nicht vorgehabt hatte, konnte nicht widerstehen.

Der Anblick der beiden Mädchen war reizend. Bei Maria unterstrich das schwarze Kleid die Farbe der Augen und Haare. Dabei sah sie erwachsener aus und, wie Peggy fand, mehr denn je wie eine Italienerin. Und sie strahlte jetzt, nachdem die erste Peinlichkeit überwunden war, jeden unbefangen an.

Daß auch sie selbst für die Besucher ein anziehendes Bild bot, war Peggy nicht bewußt. Doch das Häubchen saß keck auf ihren krausen Haaren und ließ das braune, eifrige Gesicht gut zur Geltung kommen.

Die beiden Schwestern und die Zirkusleute konnten zufrieden sein. Von der Küchenfee Manuela immer wieder mit Nachschub versorgt, hatten sie mehr als ein Tablett im Nu leer. Aufatmend brachte sie es zum Küchenwagen zurück.

„Was nun?" wollte Maria wissen.

In Peggys Augen blitzte es. „Ist doch klar, wir sehen uns die Vorstellung an. Am ersten Abend wird das doch erlaubt sein."

Maria nestelte an ihrem Schürzenband. „Wollen wir uns nicht erst umziehen?"

Peggy griff nach ihrem Arm und zog sie einfach mit sich. Sie hatte inzwischen Gefallen an der Verkleidung gefunden. Und eine, das ahnte sie, konnte sie mit Sicherheit ärgern, wenn sie das Kleid anbehielt. Rache war süß. Doch das mochte sie der kleinen Schwester nicht sagen.

„Damit verlieren wir zuviel Zeit. Wir wollen schließlich nichts verpassen", bemerkte sie.

Das war nicht die ganze Wahrheit, aber auch nicht richtig gelogen. Denn genau wie alle anderen war Peggy auf das Programm, das der Zirkus ‚Fliegenpilz' zu bieten hatte, gespannt.

Die Taubennummer war schon zur Hälfte um, als sie

sich durch einen Spalt des grünen Zeltes drängten. Auf Zehenspitzen huschten sie zu den anderen Schülern hinüber, die einen guten Platz direkt neben dem Einlauf erwischt hatten. Michael, ein kleiner rundlicher Kerl aus der Parallelklasse, rückte sofort kameradschaftlich ein Stück beiseite, damit Maria besser sehen konnte.

„Danke", flüsterte sie.

Mehr sagte Maria während der ganzen Vorstellung nicht. Es war nicht das erstemal, daß sie in einem Zirkus war. Fast jedes Jahr, wenn einer in der Stadt gastierte, waren die Eltern mit ihnen dort hingegangen.

„Vor allem Corinnas wegen", pflegte der Vater liebevoll zu spotten.

Dann lachte Corinna und gab zu, darin sei sie Kind geblieben. Ob Jongleure oder Trapezkünstler, Kunstreiterinnen oder Clowns, ob Lipizzaner oder Bären, Tauben oder Seelöwen, von keinem konnte Corinna genug bekommen.

Ihren Töchtern ging das ähnlich. Auch sie liebten den Zirkus. Doch so gebannt wie diese hatten sie noch keine Vorstellung verfolgt. Die Taubennummer, das große Feuerrad und die gelehrigen Ziegen beklatschten sie wie wild. Jubelnd verfolgten sie, wie die Wildschweine über eine Rutschbahn glitten und von einem Mann aus dem Publikum geritten wurden. Und mit großen Augen bestaunten sie die von oben bis unten golden angemalten Artisten, die sich zu schimmernden Pyramiden aufbauten.

„Nur die kitschigen Perücken gefallen mir bei denen

nicht", sagte Peggy.

Die anderen murmelten ihre Zustimmung. Maria brachte keinen Ton heraus. Sie war so aufgeregt, daß ihre Hände ganz feucht waren. Jedesmal wenn sich der tiefblaue Sternenvorhang hob, wartete sie atemlos wie auf ein neues, großartiges Wunder.

Dabei waren die Zirkusnummern gar nicht sensationell. Sie hatte schon gewagtere Sachen gesehen, Trapezkünstler, die einen Todessprung machten, oder Hochseilartisten, die ohne Netz arbeiteten. Selbst die Exotenschau des Zirkus ‚Fliegenpilz' war mehr ein Spaß als eine Sensation. Trotzdem bekam Wendy, das schottische Hochlandrind, stürmischen Beifall.

Maria klatschte, bis ihre Hände brannten. Sie stellte sich vor, wie das wohl war, wenn man unter Marschmusik in die Manege einzog, in einem glitzernden Kostüm vielleicht und dem Bewußtsein, daß man etwas sehr gut konnte. Schade, daß man nicht als Gitarrenspieler zum Zirkus gehen kann. Das wäre das einzige, womit ich auftreten könnte.

Doch die stilleren Töne kamen in dieser Vorstellung gleichfalls zu ihrem Recht. Die Kapelle spielte auf einmal eine viel sanftere Melodie. Der Sternenvorhang ging auf. Toto, der Clown, erschien. Er war ein anrührender Clown, keiner von denen, die die Leute nur mit Klamauk zum Lachen bringen wollen. Er spielte Piccoloflöte und machte Seifenblasen, die als riesige, in allen Farben schillernde Ballons zum Zeltdach aufstiegen. Jeder davon sichtbares, aber nicht dauerhaftes Zeichen für die Botschaft, die der traurige Clown ihnen mit seiner Piccoloflöte zusandte: Seid freundlich zueinander.

Rauschende Musik kündigte gleich darauf das Finale an. Alle Mitwirkenden, Artisten und Tiere und der Zirkusdirektor, liefen in die Manege, formierten sich nach den Rhythmen zu immer neuen Bildern und Gruppen. Dann verbeugten sie sich. Zur Überraschung der Mädchen und Jungen bildeten sie einen Kreis in der Manege, das Gesicht den Zuschauern zugewandt. Und nun beklatschten sie ihr Publikum. Damit hatten sie die Zuschauer endgültig gewonnen. Donnernder Beifall war ihr Lohn.

Schon einige Minuten später lernten die Mädchen und Jungen die Kehrseite dieser Zauberwelt kennen. Nachdem die Zuschauer das Zelt verlassen hatten, wurde von den Handlangern die grüne Zeltbahn hochgerollt, damit sie unter den Bänken saubermachen konnten. Die Artisten beteiligten sich an dieser Arbeit nicht. Sie verschwanden in ihren mehr oder weniger komfortablen Wohnwagen.

„Kann ich verstehen", meinte Beate, „wenn ich die Attraktion hier wäre, würde ich keinen Finger rühren."

Sie hakte sich bei ihrer Freundin Heike, die die Krabbelkinder ihren Müttern übergeben hatte, unter.

„Blöde Gans", stellte Michael fest, „wenn alle anpacken, geht's doch viel schneller."

„Stimmt, mein Junge." Unbemerkt von ihnen, war Toto, der Clown, zurückgekommen. „Dafür hast du eine besonders schöne Seifenblase verdient."

Während sie den Kopf in den Nacken legten, um der zarten transparenten Kugel nachzusehen, summte Maria unwillkürlich die Melodie, die er bei der Vorstellung dazu gespielt hatte.

„Donnerwetter", staunte Toto, „ein Vögelchen, das singen kann. Ah, das läßt mein Herz höher schlagen."

Maria sah in sein weißes Gesicht mit den traurigen Augen und den kummervoll herabgezogenen Lippen. Sie wußte selbst nicht, woher sie den Mut nahm.

„Wann machst du endlich die Farbe ab?" fragte sie. „Ich möchte gern sehen, wie du richtig aussiehst."

Da griff der Clown nach einer ihrer schwarzen Locken und zog leicht daran. Seine Antwort klang wie ein Versprechen. „Morgen, warte bis morgen."

Es tönte noch in Marias Ohr, als sie längst dicht neben Peggy in ihren Schlafsack gekuschelt dalag und in die Zirkuskuppel hinaufstarrte. Die Stimmen der anderen waren nach und nach verstummt. An ihrem tiefen Atmen oder leisen Stöhnen konnte sie erkennen, daß sie schliefen.

Maria konnte keine Ruhe finden. Ein herrliches Abenteuer war das. Hier lag sie nun, in der Manege, in der noch kurz vorher die große Schau abgelaufen war, eine Welt voll Glitzerkram und Illusionen. Oh, wenn ich denen zu Hause davon berichten könnte, wie toll das ist, dachte Maria. Wie gut, daß wenigstens Peggy alles miterlebt.

Unwillkürlich tastete sie nach der Hand der Schwester. Ein herzlicher Druck antwortete ihr. Peggy war genau wie sie noch wach, und Peggy verstand, was sie empfand, ohne daß sie ein Wort darüber verlieren mußte.

Plötzlich war Maria, als breite sich der Sternenvorhang aus, steige höher und höher, bis er die ganze Kuppel ausfüllte wie ein Nachthimmel. Sie seufzte tief. Dann war auch sie eingeschlafen.

Mißglückte Projekte

Schon den dritten Tag kam Daniela mißgelaunt aus der Schule nach Hause. Vom Fenster aus sah Corinna sie über den Hof laufen, das gewohnte Bild: mit hängenden Schultern, die Brauen zusammengezogen. Der Hund, der ihr wedelnd entgegensprang, wurde nur kurz gestreichelt. Dann war das Mädchen wieder mit seinen eigenen Gedanken beschäftigt.

Corinna preßte wütend die Lippen aufeinander. Diesem Projektleiter, Herrn Ziller, hätte sie gern einmal ihre Meinung gesagt.

Im nächsten Moment stutzte sie. Daniela hatte den Vater auf der Leiter entdeckt, wo er ein neues Knie in das Regenrohr einpaßte. Sie hob die Hand und winkte. Was sie sagte, konnte Corinna nicht verstehen. Aber die Art der Begrüßung schien ihr nicht ganz so mutlos wie in den letzten Tagen zu sein.

Doch der Funke Energie, der die Tochter einen Moment belebt hatte, erlosch wieder. Sie begrüßte die Mutter mit dem gewohnten lustlosen Gesicht, und so setzte sie sich an den Mittagstisch. Schweigsam stocherte sie in ihrer Polenta herum.

Das war besonders schlimm für Gaby. Sie hatte das Angebot der Eltern, dem Projekt ‚Fotografieren' fernzubleiben, zunächst mit Erleichterung aufgenommen. Neun Tage Extraferien schienen ihr sehr verlockend, zumal ein langes Telefongespräch sie nachmittags davon überzeugte, daß sie sich richtig entschieden hatte. Die Schüler, die diesen Kurs gewählt hatten, konnten nichts anderes berichten: Das ganze Unternehmen war fürchterlich. Die meiste Zeit verbrachten sie in der Stadt mit sinnlosem Herumrennen oder in der Dunkelkammer, wo sie ihre verwackelten oder unscharfen Fotos entwickelten. Und das ging auch bloß, weil ein Schüler schon Vorkenntnisse hatte. Währenddessen saß Herr Meise im Café oder im Lehrerzimmer.

„Bin ich froh, daß ich da nicht hin muß", beteuerte Gaby und umarmte die Eltern.

Doch so schön, wie Gaby gedacht hatte, wurden diese freien Tage nicht. Sie kümmerte sich zwar mehr um die Tiere. Das machte Spaß. Und jetzt, wo zwei Schwestern beim Zirkus waren, gab es genug Arbeit.

Auch die Stunde mit Paps am Vormittag genoß sie sehr. Da nahm Hanno sich die Zeit, um ihr alles, was er über Fotografie wußte, beizubringen. Er baute mit ihr eine Lochkamera und erklärte ihr, wie sie funktionierte.

Trotzdem kam Gaby sich ziemlich verloren vor. Sie hatte nicht bedacht, daß ohne Peggy und Maria viel weniger los war. Und Dan mußte morgens in die Schule. So wußte sie nicht so recht, wie sie den Vormittag ausfüllen sollte, und sehnte den Nachmittag herbei. Manchmal konnte sie die Stunde, wenn Daniela wiederkam, kaum erwarten.

Viel besser wurde es dann allerdings nicht. Gaby mußte jeden Satz aus der Schwester einzeln herausholen.

„Nun erzähl schon", drängte Gaby, „was habt ihr denn heute gemacht?"

„Schaubilder ausgewertet, nicht der Rede wert."

Leider verhielt sich Daniela danach. Weiter war aus ihr nichts herauszubringen. Und Gaby machte das traurig. Sie fühlte sich von der Schwester zurückgestoßen und gekränkt.

Hilflos mit den Achseln zuckend, schaute Corinna ihren Mann an. Doch sein aufmunterndes Lächeln und der verständnisvolle Druck seiner Hand nutzten an diesem Tag nicht viel. Sie war einfach genervt. Am liebsten hätte sie die beiden Mädchen angeschrien, sie sollten sich zusammenreißen und endlich ein freundliches Gesicht machen. Nur ihr Sinn für unbedingte Gerechtigkeit hielt sie davon ab. Die Mädchen waren ja an dieser Misere nicht schuld.

Um so überraschter war sie, als Daniela nach dem Mittagessen sagte: „Ich gehe heute nachmittag noch mal weg."

Es war das erstemal, daß Daniela wieder etwas Unternehmungslust zeigte. Corinna freute sich. Vorsichtig, um den Schwung nicht gleich zu bremsen, fragte sie:
„Was hast du vor?"
„Ich will mich mit Axel treffen."
Erschöpfend schien Corinna diese Auskunft nicht. Doch sie schwieg. Es war ungewöhnlich, daß eine ihrer Töchter so wenig mitteilsam war. Sie führte das auf die augenblickliche Situation zurück und verwünschte zum wiederholten Mal innerlich die Schule.

Gaby hörte, was Daniela sagte. Einen Moment wartete sie hoffnungsfroh. Doch die Schwester forderte sie nicht zum Mitkommen auf. Enttäuscht zog sich Gaby zurück. Sie ging in den Stall zu Mara.

Die Trakehnerstute war ein besonders schönes Tier mit braunem Fell, schwarzer Mähne und schwarzem Schweif. Ihre Stirn zierte ein weißer Stern. Den einzigen Fehler, den Mara in Gabys Augen hatte, war die Tatsache, daß das Pferd nicht ihr gehörte.

Mara lebte, wenn man so wollte, nur als Pensionsgast auf Buchenloh. Sie war Jochens Pferd. Dieser Schulkamerad lebte zur Zeit mit seinen Eltern in Thailand, weil sein Vater dort beruflich zu tun hatte. Dahin hatte er sein Pferd, zur geheimen Freude Gabys, nicht mitnehmen können.

Als die Trakehnerstute auf Buchenloh einzog, war für Gaby ein Wunsch in Erfüllung gegangen. Endlich hatte sie ein Pferd. Und nicht nur das. Mara wurde zu ihrer engsten Vertrauten. Gaby vertraute ihr jedes ihrer

Geheimnisse an.

Auch jetzt redete sich Gaby, den Kopf an den Hals des Pferdes gelehnt, ihren Kummer und Zorn auf die Schwester vom Herzen.

„Ich hätte es mir gleich denken sollen, Mara, daß das mit Dan nichts gibt. So schön hatte ich mir das vorgestellt. Sie hätte in Peggys Bett schlafen können. Dann wäre es wenigstens abends lustiger geworden. Aber nein, Dan mit ihrem Dickkopf wollte natürlich nicht. Richtig miesepetrig ist sie. Sie verdirbt einem total die Laune."

Das Pferd wendete den Kopf und sah sie mit großen Augen an. Seine Lippen tasteten nach ihrer Hand.

„Weißt du, was? Wir machen einen kleinen Ausflug", schlug Gaby vor. „Das wird uns beiden guttun."

Inzwischen hatte sie so gut reiten gelernt, daß sie außer dem Halfter nichts brauchte. Sie schwang sich auf den Pferderücken. Und schon ging es los.

Die Stute reagierte auf jeden Schenkeldruck und jedes Kommando. Gaby ritt zuerst im Trab über die Weide, an der runden Buchenanpflanzung vorbei, durchs Wäldchen. Als sie auf freies Feld kam, ließ sie das Tier im Galopp laufen.

Es war herrlich. Sie spürte die Geschwindigkeit und den Wind. An Kornfeldern, die stramm und gelb kurz vor der Reife standen, ritt sie entlang, dann kamen Weiden rechts und links, abgeerntete Erdbeerfelder. Schließlich machte der Weg eine Biegung. Sie folgte ihm durch die Rübenfelder, hielt für einen Moment an, um den Mais, der noch wie hohes Gras aussah, zu begutachten. Dann machte sie sich auf den Heimweg. Gut gelaunt kam sie in Buchenloh an.

Auf dem Hof stand ein Taxi. Verwundert betrachtete Gaby die alte Frau in dem schwarzen Regenmantel, die von einer Ecke in die andere lief und sogar vorsichtig in den Stall spähte.

„Kann ich Ihnen helfen?" fragte sie und rutschte von Maras Rücken. Sie schlang den Zügel um einen Pfosten.

„O ja, das wäre sehr freundlich." Die alte Frau schien erleichtert zu sein. Ihre schneeweißen Haare hatte sie sorgfältig unter ein Netz gesteckt. Daran nestelte sie jetzt. „Mein Neffe hat mir diese Taxifahrt geschenkt, zum Geburtstag. Er konnte mich leider nicht selbst bringen. Und mit dem Bus wird es vom Heim langsam zu mühsam für mich. Da ist das Taxi schon besser."

„Bestimmt", versicherte Gaby. Die Frau sah ziemlich gebrechlich aus. Eine lange Busfahrt war für sie nicht das richtige.

„Ich wohne nämlich im Sankt-Anna-Heim, das ist am anderen Ende der Stadt. Ich wollte ja nicht dahin. Aber am Ende ist es doch besser so."

„Wollten Sie uns besuchen?" fragte Gaby. „Wollen Sie nicht lieber einen Moment hereinkommen? Sich setzen?"

„Ja, mein liebes Kind, das wäre nicht schlecht." Willig ließ sich die alte Frau von Gaby in den Flur und von dort in die Anrichte lotsen.

„Ich mache Ihnen einen Tee", schlug Gaby vor.

Auch dieses Angebot wurde dankend angenommen. Gaby setzte Teewasser auf, stellte Tassen und Teller auf den Tisch. Dann füllte sie eine Schale mit Plätzchen. Als der Tee fertig war, goß sie der Frau eine Tasse ein.

„Lieb von dir, etwas Warmes tut doch immer gut." Trotz der sommerlichen Temperaturen zog die Frau den Mantel enger um sich.

„Euch wollte ich eigentlich gar nicht besuchen", sagte sie zu Gabys Verblüffung, nachdem sie sich mit einem Plätzchen gestärkt hatte.

„Nicht?" Gaby biß sich auf die Unterlippe. Da hatte sie etwas Schönes angerichtet. Sie hatte eine Fremde ins Haus gelassen, ihr Tee und Plätzchen angeboten. Nun stellte sich heraus, daß die Frau nicht zu ihnen wollte.

„Es ist doch sehr freundlich von Joachim – das ist mein Neffe –, ein Taxi für diese lange Fahrt. Und ich darf es warten lassen." Die altersblassen Augen zwinkerten Gaby verschmitzt zu. „Weil man nie weiß, wie lange so etwas dauert."

Eben noch zweifelnd, ob sie richtig gehandelt hatte, mußte Gaby plötzlich schmunzeln. Egal, selbst wenn der Besuch nicht ihnen galt, die Tasse Tee tat der Frau jedenfalls gut und belebte sie sichtlich.

Sie horchte auf das Kratzen an der Hauswand. Potz und Blitz, von den fünf Katzen die am wenigsten häuslichen, erschienen auf der Fensterbank. Während sich die weiße Katze mit dem schwarzen Stirnfleck einmal um sich selbst drehte und zwischen zwei Blumentöpfen zusammenrollte, sprang Blitz schnurrend auf die Bank. Er ließ sich von Gaby das schwarze Fell mit dem weißen Stirnfleck streicheln.

Jetzt sah sich die alte Frau wieder um, als suche sie etwas. „Ich wollte meine Miez besuchen."

Das also war des Rätsels Lösung. Gaby fühlte sich erleichtert. Deshalb war ihr die Dame so bekannt vorgekommen. Sie mußte Frau Rüttgers sein.

„Ich sehe mal nach, ob ich Miez finde. Solange trinken sie noch eine Tasse Tee." Gaby schenkte eine zweite ein und schob die Plätzchen näher.

Als sie aus der Tür rannte, lief sie Corinna in die Arme.

„Wir haben Besuch, Mam", erklärte sie, „das heißt, wir nicht, sondern Miez, ich meine Pelz. Ich schaue mal, wo er ist."

Verwirrt runzelte Corinna die Stirn. Erst als sie die alte Frau in der Anrichte sah, wurde ihr alles klar. Sie begrüßte Frau Rüttgers freundlich und freute sich, daß ihre Älteste sie so gut versorgt hatte.

Wenig später kam Gaby mit dem großen rot-weißen Kater auf dem Arm an. Seit die alte Frau ihn vor einem Jahr nach Buchenloh gebracht hatte, weil sie in das Sankt-Anna-Heim keine Tiere mitbringen durfte, hatte sich die Katze sehr verändert. Sie war noch ganz klein gewesen, zierlich und verspielt. Liebevoll hatte Frau Rüttgers sie Miez genannt. Als sich aus dem schmächtigen Winzling keine Katze, sondern ein riesiger Kater entpuppt hatte, hatten die vier ihn einfach umbenannt: Aus Miez war Pelz geworden. Das paßte gut zu ihm, fanden sie alle. Denn er war ein langhaariger Kater.

„Hier, Frau Rüttgers, das ist Ihre Katze gewesen." Gaby setzte das Tier neben die Frau auf die Bank.

Das gefiel weder Pelz noch Blitz. Beide fauchten leise, ihr Fell sträubte sich, und ihre Schwänze richteten sich steil hoch.

Zweifelnd betrachtete die alte Frau den rot-weißen Riesenkater. Mit ihrer zierlichen Miez hatte der nicht mehr viel gemeinsam.

„Ich weiß nicht so recht." Die ausgestreckte Hand zuckte zurück. „Du mußt es ja wohl sein, wenn die Dame und das nette Mädchen es sagen. Du bist wohl sehr gewachsen."

Auf einmal hatte Frau Rüttgers es eilig. „Ich sollte das Taxi vielleicht nicht so lange warten lassen. Joachim hat es lieb gemeint. Ausnutzen soll man das nicht."

Corinna und Gaby brachten sie zum Taxi, warteten, bis die alte Frau bequem darin saß. Dann verabschiedeten sie sich.

„Wenn Sie wieder einmal Lust haben, Ihre Katze zu besuchen, rufen sie einfach an", schlug Corinna vor. „Mein Mann oder ich holen Sie dann ab. Wir würden uns freuen."

Frau Rüttgers steckte die Telefonnummer ein. „Vielleicht ist das keine schlechte Idee." Sie lächelte und nestelte erneut an ihrem Haarnetz herum.

„Sie ist sehr lieb, nicht?" Gaby hängte sich bei der Mutter ein. Dieser Besuch gab ihrer Laune noch mehr Auftrieb.

Offensichtlich übertrug sich das auch auf Daniela. Oder sie hatte etwas Schönes erlebt. Jedenfalls war sie gesprächiger als sonst. Sie lachte und alberte mit Gaby herum, während sie die Tiere für die Nacht versorgten. Als sie abends mit Hanno und Corinna im Wohnzimmer saßen, bestand sie darauf, Monopoly zu spielen, ein Spiel, das sonst Marias großer Favorit war.

Sie war mit so viel Eifer bei der Sache, daß Corinna und Hanno sich heimlich wunderten. Das Mädchen schien ihnen wie ausgewechselt. Nur über das, was sie an diesem Nachmittag eigentlich gemacht hatte, verlor Daniela kein Wort.

So blieb es in den nächsten Tagen. Morgens ging Daniela mit der Tendenz „lustlos" in die Schule. Nachmittags verschwand sie, um sich mit Axel zu treffen.

„Was macht ihr eigentlich immer?" fragte Gaby sie vorm Schlafengehen im Bad.

Ihr gegenüber zeigte Daniela weniger Zurückhaltung. Sie war gerade dabei, ihre Zähne mit der Bürste zu bearbeiten, und machte ihr, etwas Schaum von der Zahncreme vorm Mund, ein Zeichen. „Warte" hieß das.

Nachdem sie sich den Mund ausgespült hatte, stellte sie das Glas mit der Zahnbürste auf die Ablage. „Du weißt doch, Axel hatte dem Ziller den Vorschlag gemacht, daß wir uns nach Naturschutzgruppen umsehen könnten."

„Das wollte der aber nicht", erinnerte sich Gaby.

„Richtig, und deshalb haben Axel und ich das auf eigene Faust gemacht."

Nun staunte Gaby: „Gibt es denn so viele, daß das drei Nachmittage gedauert hat?"

„Natürlich nicht. Aber wir haben eine Gruppe kennengelernt, du, die ist einfach klasse. Da arbeiten wir jetzt mit."

Das war eine Neuigkeit, die Gaby interessierte. Wenn Dan so begeistert war, mußte das eine prima Sache sein. Die Augen der Schwester leuchteten richtig, und aller Unmut, den sie zur Schau getragen hatte, war verflogen.

„Und was macht ihr da im einzelnen?" wollte Gaby wissen.

„Oh, eine ganze Menge. Wir haben Versammlungen, wo wir besprechen, was zu tun ist. Wir überlegen uns Texte für Flugblätter. Die müssen dann gedruckt und verteilt werden. Damit die Leute darüber aufgeklärt werden, was da so läuft."

Gaby hatte sich in den letzten Tagen oft gelangweilt und war sich schrecklich nutzlos vorgekommen. Plötzlich hatte sie das Gefühl, Mitglied in einer solchen Naturschutzgruppe zu werden, könnte für sie die Lösung sein. Da konnte man zupacken, Ideen und Vorstellungen in die Tat umsetzen.

„Hat eure Gruppe einen Namen?" fragte sie.

Daniela nickte. „Den haben die meisten."

Sie bürstete sich mit mehreren kräftigen Strichen die Haare. Im Gegensatz zu ihrer Schwester hatte sie sich noch nicht dazu überwinden können, die Haare etwas länger wachsen zu lassen.

In ihrem gestreiften Schlafanzug, den sie zur Zeit mit

Vorliebe trug, richtete sie sich hoch auf. „Was du hier vor dir siehst, ist ein Mitglied der Naturschutzgruppe ‚Die Marder'."

Kopfschüttelnd meinte Gaby: „Streifenhörnchen würde besser zu dir passen."

Daniela lachte. „Was hältst du davon, wenn das Streifenhörnchen heute bei dir übernachtet? Ich habe nämlich vor, in Peggys Bett umzuziehen."

In Gabys Gesicht zuckte es. Eigentlich wollte sie ihre Freude nicht zu deutlich werden lassen, doch es sprudelte aus ihr heraus: „Dan, Mensch, das habe ich mir die ganze Zeit über gewünscht."

Der Wechsel vollzog sich unter großem Trubel und Gelächter. So geräuschvoll war es in der oberen Etage lange nicht zugegangen. Und als Corinna zum Gute-Nacht-Sagen heraufkam, konnte sie feststellen, daß zwei glücklich strahlende Mädchen in ihren Betten lagen.

„Dann schlaft gut, ihr beiden", sagte Corinna, „und du, Dan, du weißt ja: Was man als erstes in einer neuen Umgebung träumt, geht in Erfüllung."

Daniela legte beide Hände hinter ihren Kopf und reckte sich. „Schön wäre es ja, Mam. Ich werde mir Mühe geben."

Doch an Schlafen war vorerst nicht zu denken. In allen Einzelheiten mußte Daniela von den ‚Mardern' berichten. Sie beschrieb einige Mitglieder der Gruppe, die ihr aufgefallen waren.

„Dieser Manfred ist einer der Anführer. Auf den hören

so ziemlich alle. Weißt du, wie sie den nennen? Rudelführer. Komisch, was?"

Gewissenhaft wie immer, wenn es um Tiere ging, meinte Gaby: „Soviel ich weiß, leben Marder nicht in Rudeln. Sie sind Einzelgänger."

„Ist mir egal." Daniela winkte ab. „Hauptsache ist doch, daß wir etwas gegen die Zerstörung der Natur tun. Man kann nicht immer nur davon reden und sagen, man müßte... Irgendwo muß man anfangen, und den ‚Mardern' geht es eben in erster Linie um den Wald mit seinen Pflanzen und Tieren. Du solltest die mal hören, wenn übers Jagen gesprochen wird."

Es tönte an Gabys Ohr vorbei. Sie lag auf dem Rücken, mit dem Blick auf die Wand, wo ein Bild hing, das Peggy gemalt hatte. Es zeigte die riesige Weide hinterm Haus. Eins war Gaby klar, man mußte viel dafür tun, daß solche Bäume erhalten blieben. Damit noch die nächste Generation sich an ihnen erfreuen konnte.

„Hast du was dagegen, wenn ich morgen mitkomme?" fragte sie.

„Überhaupt nicht", erwiderte Daniela.

Sie meinte es ernst. An manchen Nachmittagen hatte sie sich gewünscht, wenigstens eine Schwester wäre bei ihr. Das lag vor allem daran, daß sie sich als neues Mitglied der ‚Marder' noch ziemlich fremd in der Gruppe vorkam. Außer ihrem Klassenkamerad Axel kannte sie niemanden näher. Obwohl sie nicht gerade schüchtern war, fiel es ihr oft schwer, sich in den Diskussionen zu

Wort zu melden. Sie konnte nicht einmal sagen, woran das lag. Etwas Verstärkung durch Gaby war ihr auf jeden Fall sehr willkommen.

„Im Gegenteil, wir können jede Menge Hilfe gebrauchen."

„Vielleicht machen Peggy und Maria auch mit, wenn sie wieder zu Hause sind." Gaby träumte von einer großen geschwisterlichen Aktion.

„Prima, wir unterwandern die ‚Marder' richtig." Daniela dachte an die Versammlung am Nachmittag. „Wenn alle Waldmann-Töchter Mitglieder sind, überstimmen wir sie. Neulinge haben bei denen nämlich nicht viel zu sagen."

„Einigkeit macht stark", murmelte Gaby. Sie gähnte, drehte sich auf die Seite und war im nächsten Moment eingeschlafen.

So schnell fand Daniela keine Ruhe. Ihr war seltsam zumute. Auf der einen Seite freute sie sich, daß sie endlich eine Beschäftigung gefunden hatte, die ihr Spaß machte. Sich tatkräftig in dieser Naturschutzgruppe zu engagieren war genau das, was sie gebraucht hatte. Jetzt fühlte sie sich nicht mehr nutzlos und schrecklich überflüssig.

Der Wald hatte Menschen nötig, die sich für ihn einsetzten. Wenn schon die Erwachsenen nicht einsahen, was sie ihm antaten und was zu seiner Rettung notwendig war, mußten ihnen die Jungen eben zeigen, was man alles machen konnte.

Daniela rieb über ihren Nasenrücken. Sie seufzte

leise, um Gaby nicht zu stören. Nur eine Sache gab es, dabei konnten ihr der Wald und die ‚Marder' nicht helfen. Wenn sie sich noch sosehr einsetzte, Norman brachte ihr das nicht zurück. Seine Briefe kamen dadurch nicht schneller, falls er überhaupt noch einmal schrieb, was ihr im Moment höchst unklar schien.

„Norman, immer wieder Norman", schimpfte Daniela mit sich selbst. „Es ist einfach zum Verrücktwerden."

Schlaftrunken fuhr Gaby hoch. „Was sagst du?"
„Schlaf weiter, ich wollte dich nicht wecken."
„Aber ich bin hellwach", behauptete Gaby.
Da vertraute Daniela ihrer Schwester den Grund für ihren Kummer an.

Engagement für den Naturschutz

Gabys einsame Stunden waren vorbei. Zwar verbrachte sie den Vormittag immer noch allein. Sie versorgte die Tiere. Dabei kümmerte sie sich besonders um den Zwergesel, die Gänse und den Wellensittich, die sonst von der kleinen Schwester gefüttert und betreut wurden. Sie machte den Käfig und die Ställe sauber, trieb die Gänse nach draußen und führte Max auf die Weide.

Auch Peggys Tiere, die fünf Katzen und die Meerschweinchen, hatten es bei Gaby gut. Selbst Panda, der Peggy wohl am meisten vermißte, stand morgens unten an der Treppe und wartete darauf, daß Gaby ihm seine

Streicheleinheiten gab. Sie bürstete das schwarzweiße Fell mit langen Strichen, so wie die Schwester es machte, und gab acht darauf, daß sie nicht an Pandas Ohren kam. Da war der Kater empfindlich und wehrte sich mit seinen scharfen Krallen.

Ihre eigenen Tiere kamen ebenfalls nicht zu kurz. Sie war für die Ziegen und die Schafe zuständig. Während Gaby sie auf die Weide brachte, mußte sie an Pomeranze denken. So lange war es noch nicht her, daß Pomeranze dazugehört hatte, das alte, schon halbblinde Shetlandpony. Im letzten Winter war es gestorben, und sie war fürchterlich traurig darüber gewesen.

Gaby lächelte. Richtig, zu der Zeit hatten sie und die Schwestern geglaubt, Mams Spiegel wäre ein Zauberspiegel und könnte im Traum Wünsche erfüllen. Genau wie die anderen hatte sie oft davor gestanden. Doch geklappt hatte es bei ihr nie. Das lag daran, daß sie sich nicht konzentrieren konnte. Sie hatte an alles mögliche gedacht, vor allem aber an Pomeranze.

Während Gaby Mara zur Weide am Fluß brachte, tätschelte sie dem Pferd den Hals. „Zum Glück habe ich dann dich bekommen, als Ersatz. Du gehörst zwar nicht mir, aber doch ein bißchen, wenigstens solange Jochen in Thailand ist."

Mara schien das, was Gaby sagte, zu verstehen. Vertrauensvoll rieb sie ihr Maul an der Schulter des Mädchens. Dann begannen ihre Lippen nach etwas Freßbarem in Gabys Händen zu suchen.

„Nein", Gaby schüttelte den Kopf, „die Möhre gibt es

erst auf der Weide."

Sie schloß das Gatter sorgfältig hinter Mara und kraulte sie unter den Stirnfransen. Dann hielt sie dem Pferd die Möhre hin.

Damit war Mara für Stunden gut versorgt. Das schien auch Rolf zu finden. Der Mischlingshund begleitete sie morgens überall mit hin. Erst mittags, wenn Daniela nach Hause kam, war Gaby abgemeldet.

„Komm", sagte Gaby, „wir müssen noch den Hühnerstall saubermachen."

Eigentlich war das Dans Aufgabe. Doch sie hatte sich vorgenommen, alles zu tun, damit die Schwester und sie möglichst viel freie Zeit hatten. Dann konnten sie nach dem Mittagessen gleich losziehen, um bei diesen Naturschützern mitzuarbeiten.

Gaby sehnte sich danach, ein ‚Marder' zu werden. Sie fand zwar den Namen ulkig. Aber die Gruppe mußte, nach allem, was Dan ihr darüber erzählt hatte, einfach klasse sein. Da wurde nicht nur geredet, sondern etwas getan, Probleme richtig angepackt.

Das war ganz nach Gabys Geschmack. Sie war ohnehin für alles, was mit der Natur zusammenhing, schnell zu begeistern. Nicht umsonst wollte sie später einmal Tierärztin werden. Doch ihre Liebe gehörte nicht nur Tieren, sondern allem anderen ebenfalls, den Bäumen und Blumen, den Bächen und Seen.

Gaby brachte den Hühnermist auf den Komposthaufen. Während sie sich mit dem Handrücken eine Strähne aus der Stirn schob, überlegte sie, was noch zu tun sei.

Ach ja, die Eier.

Vorsichtig sammelte sie die Eier in das braune Körbchen. Inzwischen kannte sie alle Stellen, die die Hühner bevorzugten.

„Wetten, daß die braune Lola ihrs wieder unter den Busch gelegt hat?" fragte sie Rolf, der vorm Hühnergatter saß und ihr mit schiefgelegtem Kopf zusah.

Tatsächlich fand sie dort ein Ei. Gaby zählte.

„Acht Stück, Mam wird sich freuen."

Über all der Arbeit war die Zeit wie im Flug vergangen. Als Gaby das Körbchen in die Küche brachte, ging es schon auf eins zu.

„Ich decke schon mal den Tisch", schlug sie vor.

Corinna warf einen Blick auf die Küchenuhr. „Nanu, du hast es aber eilig."

„Ich dachte, dann können wir gleich essen, wenn Dan kommt."

Den Deckel mit den Topflappen haltend, goß Corinna das Wasser von den Kartoffeln. Dann lüftete sie ihn und ließ den Inhalt abdampfen.

„Hier." Sie drückte Gaby ein Schälmesser in die Hand. „Wenn du mir hilfst, geht es schneller."

Während sie sich beide daranmachten, die Kartoffeln zu pellen, fragte sie: „Habt ihr heute nachmittag etwas Besonderes vor?"

Gaby nickte eifrig. „Ja, wir wollen doch zu dieser Gruppe."

Als sie dem verständnislosen Blick der Mutter begegnete, ergänzte sie: „Dieser Naturschutzgruppe, du weißt schon. Dan hat doch davon erzählt."

Kein Wort davon war über Danielas Lippen gekommen. Aber nun wußte Corinna, wo die Tochter sich in den letzten Tagen rumgetrieben hatte. Es beruhigte sie. Gegen eine Naturschutzgruppe war wohl nichts einzuwenden – und dagegen, daß ihre Töchter sich in einer solchen engagierten, erst recht nicht.

Wenn sie daran dachte, wie munter Dan nun wieder war, wie gesprächig und freundlich, mußte sie dieser Gruppe eigentlich dankbar sein. Diesen umflorten Blick zeigte Dan jetzt nur noch, wenn sie sah, daß der Briefträger keinen Brief für sie gebracht hatte.

Wenn nun noch Norman schreibt... Corinna legte die geschälte Kartoffel in die Schüssel. Leider waren das Dinge, die Eltern nicht beeinflussen konnten.

„Die beiden jedenfalls sind sich wieder einig", äußerte sie Hanno gegenüber, als sie nach dem Mittagessen noch bei einer Tasse Kaffee beisammensaßen.

Selten genug kam es vor, daß sie so friedlich und ungestört das Miteinander genießen konnten. Gaby und Daniela waren längst losgezogen. Sie hatten kaum den letzten Bissen im Mund gehabt, da waren sie unruhig geworden, auf ihren Stühlen herumgerutscht und dauernd mit ihren Armbanduhren beschäftigt gewesen.

„Fürchterlich." Hanno grinste. „Sie hatten heute richtig Hummeln im Hintern."

Corinna trank einen Schluck und behielt die Tasse in der Hand. Nachdenklich betrachtete sie die hellen

Milchschlieren in der braunen Flüssigkeit.

„Aber sie sind sich einig, das ist doch immerhin ein Fortschritt." Über ihre Tasse hinweg lächelte Corinna ihm zu.

Daß sie das so betonte, zeigte Hanno nur allzu deutlich, wie sehr seine Frau unter der gereizten Stimmung der vergangenen Tage gelitten hatte. Corinna mit ihrem Bedürfnis nach Harmonie litt unter jedem Streit der Schwestern besonders.

Hanno drückte ihren Arm herzlich. „Für uns hat es auch sein Gutes. Wir haben endlich mal eine Stunde für uns."

„Stimmt", bestätigte Corinna. Sie verzog das Gesicht.

„Nanu, mein Schatz, was soll jetzt dieses Gesicht?"

„Es galt nicht der Stunde mit dir", meinte Corinna. „Es galt dem Kaffee. Ich kann mir nicht helfen, ich mag Espresso lieber."

„Wünsche haben diese Frauen." Hanno schüttelte in gespielter Entrüstung den Kopf. „Ich sehe schon, eine Espressomaschine muß her. Das Tüpfelchen auf dem i für die Stunde der Zweisamkeit."

Sie lachten. Und gar nicht lange, da drehte sich das Gespräch um die Reise nach Italien, die Corinna vorschwebte. Sie wollte dort noch einige Rezepte für ihr Kochbuch sammeln.

„Vor allem deshalb, weil die Italiener sich sehr gesund ernähren", erklärte Corinna.

„Ich weiß", antwortete Hanno todernst, „sie essen den Salat vor dem Hauptgericht. Dadurch wird die Tätigkeit der Bauchspeicheldrüse angeregt..."

„Du machst dich über mich lustig." Corinna war entrüstet, konnte aber nicht ernst bleiben. Sie wußte, daß Hanno diesen Satz schon öfter von ihr gehört hatte.

Mit gespielter Ernsthaftigkeit legte Hanno die Hand auf sein Herz. „Wie werde ich denn?"

Sie diskutierten lebhaft weiter über andere Aspekte der Italienreise.

„Ich will auf keinen Fall diese übliche Touristenreise, von einer Sehenswürdigkeit zur anderen, für alles kaum eine Viertelstunde Zeit", sagte Corinna.

„Das verstehe ich gut." Hanno nickte. „Wie hast du es dir gedacht?"

„Ich würde gern länger an einem Ort bleiben. Außerdem könnte mir eine Wanderung gefallen."

Das war eine Reise, wie sie Hanno ebenfalls vorschwebte. Er machte Vorschläge, entkräftete Corinnas Einwände, und schließlich stellte sich heraus, daß für sie beide nur ein Ort in Frage kam: San Gimignano.

Beinahe unwillig erhoben sie sich schließlich.

„Schade", sagte Corinna, „die ungestörte Stunde ist um."

In diesem Moment konnte sie nicht wissen, daß Hanno und ihr in den nächsten Tagen eine Menge solcher Stunden beschert würden.

Denn in den nächsten Tagen verschwanden Gaby und Daniela gleich nach dem Mittagessen in die Stadt zu ihrer Naturschutzgruppe. Dort blieben sie bis abends. An einigen Tagen fuhren sie sogar gegen sieben noch einmal in die Stadt und kamen erst mit dem Bus um halb zehn nach Hause zurück.

„Hört mal, ihr beiden", beschwerte sich Hanno, „dieser nahezu frauenlose Haushalt geht mir doch etwas gegen den Strich. Ich bin froh, wenn Peggy und Maria in zwei Tagen wieder da sind."

Ganz verständnisvolle Tochter, griff Daniela nach seiner Hand und drückte sie. „Es tut mir leid, Paps, wir haben nur einfach schrecklich viel zu tun."

„Vielleicht begreifen wir das besser, wenn ihr einfach mal erzählen würdet, was ihr da so macht."

Gaby und Daniela verständigten sich kurz durch Blicke. Der leise Vorwurf in Corinnas Stimme war nicht zu überhören gewesen.

„Ach, alles mögliche", sagte Gaby rasch. „Wir diskutieren viel, und manchmal machen wir Flugblätter, damit die Leute darüber aufgeklärt werden, was der Natur alles angetan wird."

Auf Hannos Stirn zeigte sich eine Unmutsfalte. „Aha, und uns haltet ihr für aufgeklärt genug?"

Irritiert sah Daniela ihn an. „Wieso? Wie meinst du das?"

Nur zu deutlich machte der Blick ihrer grünen Augen klar, daß sie bereit war, die Tätigkeit der Gruppe aufs äußerste zu verteidigen, falls der Vater etwas dagegen sagen sollte.

„Ganz einfach", war Hannos Antwort, „wir haben so ein Flugblatt nie zu Gesicht bekommen."

Direkter als ihr Mann sprach Corinna aus, worum es

ihnen ging. „Was diese Gruppe betrifft, seid ihr verschlossen wie Austern. Wir haben sonst über alles miteinander geredet. Von dieser Naturschutzgruppe kennen wir nicht einmal den Namen."

Um Danielas Mundwinkel zuckte es. Das durfte doch nicht wahr sein. Warum fingen Mam und Paps bloß mit so etwas an? Das war ja das reinste Verhör.

Sichtlich widerstrebend sagte sie: „Die Gruppe nennt sich ‚Die Marder'".

„Ein Raubtier", bemerkte Hanno trocken. „Man sagt, es sei manchmal so aggressiv, daß es alle Hühner im Stall tötet, einfach so im Blutrausch."

Damit kam er bei Gaby schlecht an. Ihre blauen Augen funkelten empört. „Wie kannst du so was sagen, Paps. Das sind Märchen. Und mit unserer Gruppe hat das überhaupt nichts zu tun."

„Warum habt ihr euch dann diesen Namen gegeben?" fragte Corinna sanft.

„Mit euch kann man nicht reden." Daniela sprang auf. „Ich weiß gar nicht, was ihr wollt."

Weg war sie. Ohne sich weiter um die Eltern und Gaby zu kümmern, rannte sie hoch in ihr Zimmer. Wie gut, daß Maria nicht da war. Daniela legte den Kopf gegen das Fensterkreuz und dachte nach. Sie hatte das Gefühl, ihr sei großes Unrecht geschehen.

Dabei, was war eigentlich passiert? Die Eltern hatten wissen wollen, was für eine Naturschutzgruppe das war und was sie nachmittags oder abends dort machten. Das war ihr gutes Recht. Daniela seufzte.

Nein, es lag an etwas anderem. Über das Thema ‚Eltern‘ hatten sie bei den ‚Mardern‘ schon mehrmals gesprochen. Einige beschwerten sich. Die Väter und Mütter fragten zuviel. Da gab es Stubenarrest oder auch Ohrfeigen, wenn die Antwort nicht schnell genug kam. Schließlich gab Manfred, einer der Rudelführer, Tips, welche Ausreden sie erfinden sollten. Vor allem, schärfte er ihnen ein, bloß nicht zu viel über die Gruppe auszuquatschen.

„So 'n Blödsinn", hatte Daniela Gaby heimlich zugeflüstert.

Laut hatte sie behauptet: „Ich kann meinen Eltern alles sagen."

Doch sie tat es nicht und hatte es an diesem Tag, wo die Gelegenheit so günstig war, auch nicht getan. Sorgsam mied sie alle Gespräche über die ‚Marder‘. Sie fürchtete die Auseinandersetzung.

„Dan?" Gaby steckte den Kopf zur Tür herein.

Daniela machte ihr mit einer Handbewegung klar, daß sie hereinkommen könnte. „Komm ruhig, ich habe nur nachgedacht."

Eine Weile standen die Schwestern schweigend am Fenster. Sommerlich schön wie selten war es in der letzten Woche gewesen. Sie hatten nicht viel davon mitbekommen. Seit sie bei den ‚Mardern‘ mitmachten, schien die Sonne und blühten die Wiesenblumen ganz umsonst. Kein einziges Mal hatten sie von der Weide als Sommerschlufwinkel Gebrauch gemacht, sei es, um zu lesen oder um sich nur zu unterhalten. Ohne daß eine es der anderen gestanden hätte, waren beide ein wenig traurig darüber.

„Was machen wir jetzt?" stieß Gaby plötzlich hervor. „Ich meine, wegen morgen."

„Wegen dem Vollmondtreffen?" Daniela zog die Nase mit den feinen Sommersprossen kraus. „Wir fragen trotzdem. Sie werden es schon erlauben."

Zögernd bestätigte Gaby: „Ja, ich weiß, aber..."

„Was, aber?" fragte Daniela.

Gaby starrte in die Ferne, suchte einen Punkt, wo der Himmel die Erde berührte. „Vielleicht hätten wir ihnen mehr erzählen sollen."

„Würde ich ja gern", brauste Daniela auf. „Verdammt gern sogar. Ich hätte ihnen auch furchtbar gern das eine Flugblatt gezeigt."

Welches die Schwester meinte, wußte Gaby. „Das, wo diese komische Formulierung drin war. Wie hieß sie doch gleich? *Jagt die Jäger, wie der Jäger das Wild: Wer hoch sitzt, soll tief fallen.* Wir haben ja abends im Bett lange darüber geredet."

„Alle waren dafür, daß der Satz gedruckt wurde." Daniela runzelte die Stirn. „Sie haben gegrinst und gesagt, Neulinge wie wir müßten noch viel lernen."

„Aber sonst sind sie nett", sagte Gaby. Obwohl sie dieser Slogan ebenfalls beunruhigte, glaubte sie für die Gruppe eintreten zu müssen.

Jetzt lachte Daniela. „Klar, sind sie das. Sonst wären wir längst keine ‚Marder' mehr. Laß uns runtergehen. Mal sehen, was vor allem Mam zu einem Vollmondtreffen sagt."

Corinna machte nicht viele Worte. Sie fragte sachlich: „Und was heißt das?"

„Weil heute Vollmond ist, treffen wir uns um elf. Dann ziehen wir durch den Stadtwald."

Das war nicht die ganze Wahrheit. Die ‚Marder' hatten mehrere Aktionen geplant. In dieser Nacht sollte etwas gegen die Jäger unternommen werden, nicht nur theoretisch, mit Flugblättern und Info-Stand, sondern es sollte ihnen eine Lektion erteilt werden. Keine Schüsse mehr auf Rehe – das war das erklärte Ziel.

Doch davon sagten die beiden Mädchen den Eltern lieber nichts. Sie fürchteten, daß Hanno und Corinna mehr über diese Aktionen wissen wollten. Oder daß einer von ihnen eine Diskussion über den Sinn und Zweck des Jagens mit ihnen anfangen würde. Dabei dachten sie vor allem an Bernd Schäfer, einen guten Freund des Vaters, der die Jägerei als Hobby betrieb. Sie waren ziemlich sicher, daß Hanno schon deshalb ihre Aktionen nicht objektiv beurteilen würde.

Hanno fuhr sich nachdenklich mit dem Zeigefinger über den Nasenrücken. Es war keine leichte Entscheidung, die sie da treffen mußten. Doch er wollte zeigen, daß er seinen Töchtern unbedingt vertraute.

„Ich nehme ja an, ihr werdet nichts tun, was ihr nicht verantworten könnt", sagte er.

Zu seiner Überraschung gab auch Corinna ohne weiteres ihre Erlaubnis. „Also gut, aber paßt bitte auf euch auf."

Erst als die Mädchen davonstürmten, um rechtzeitig

den Bus zu erreichen, trat in Corinnas Augen ein unsicherer Ausdruck. Den ganzen Abend über war sie unruhig. Da halfen weder ein Spaziergang, den Hanno vorschlug, noch ein Schluck Wein.

„Sei mir nicht böse", sagte sie endlich, „am liebsten würde ich gar nicht mehr reden. Ich habe das Gefühl, jedes Wort macht meine Sorge größer. Und das allerschlimmste, ich weiß nicht einmal, warum."

Nur allzugut verstand Hanno sie. Ihm ging es ähnlich, doch konnte er seine innere Unruhe leichter bezwingen. Um Kinder machte man sich immer Sorgen, besonders wenn sie außer Haus waren. Er dachte oft an Maria und Peggy, an das, was die beiden wohl als Mitglieder des Zirkus ‚Fliegenpilz' erlebten. Nichts wünschte er sich mehr, als daß sie wohlbehalten wieder nach Hause kamen.

Daniela und Gaby die Erlaubnis zu geben, an diesem Vollmondtreffen teilzunehmen, war ihm schwerer gefallen, als er sich eingestand. Nachts im Dunkeln konnte alles mögliche passieren. Davon war ein verstauchter Fuß noch das geringste Übel. Außerdem war da die Tatsache, daß Corinna und er kein einziges Mitglied dieser ‚Marder' kannten. Nicht einmal ein Name war bisher gefallen, außer Axel. Und von dem wußte er nur, daß er in Danielas Klasse ging.

Er sah zu seiner Frau hinüber, die blaß und angestrengt dasaß und die Hände im Schoß hielt. Ein ungewohnter Anblick!

Er stand auf. „Komm, mein Schatz, ich bringe dich

hinüber ins Schlafzimmer. Du legst dich jetzt hin, darauf bestehe ich."

Sofort protestierte Corinna: „Du glaubst doch nicht, daß ich schlafen kann..."

„Doch, du kannst", beharrte Hanno, „und du brauchst dir keine Sorgen zu machen. Ich muß ohnehin aufbleiben, um die beiden nachher abzuholen."

Sprühaktion bei Vollmond

Das Surren des Motors war einschläfernd wie die Dunkelheit, die sie umgab. Gaby drückte sich fester in die Polster des Rücksitzes. Aber schlafen konnte sie nicht. Mit weit offenen Augen starrte sie auf die vorüberziehenden Laternen, Häuser, parkenden Autos und Bäume am Straßenrand.

Genau wie sie konnte die neben ihr sitzende Schwester keine Ruhe finden. Daniela rieb mit einem Papiertaschentuch ihre Hände ab, befeuchtete es mit Spucke und rieb erneut.

In Richtung des Vaters wagte Gaby nicht zu schauen, obwohl dieser ja mit Fahren beschäftigt war und ihre Blicke kaum bemerkt hätte. Etwas Unausgesprochenes lag in der Luft, und sie ahnte, bevor sie mit Mam und Paps nicht darüber geredet hatten, würde es nie mehr so sein wie vorher. Gaby schämte sich.

Paps hatte lange aufbleiben müssen, um sie abzuholen. Bestimmt war er müde; vielleicht hatte er sich sogar Sorgen um sie gemacht. Doch er wollte ihnen nicht den Spaß verderben. Damit sie ein vergleichbares Abenteuer erlebten wie Peggy und Maria, hatte er sich bereit erklärt, sie zu nachtschlafender Zeit aus der Stadt abzuholen. Busverbindungen gab es um diese Stunde nicht mehr.

Wenn Paps wüßte! Gaby unterdrückte den Seufzer, der ihr über die Lippen wollte. Sie war sicher, mit keinem Gedanken kam Paps nur annähernd auf das, was Daniela und sie gemacht hatten.

Wenn sie die Augen schloß, sah sie alles wieder vor sich: die schwarzen Gipfel der Bäume, die in den helleren Himmel ragten. Zwischen ihren Kronen tauchte der Vollmond auf, groß, gelb und rund. Sein Licht veränderte den Wald. Die Lichtungen und niedrigen Schonungen waren beinahe taghell erleuchtet. Aber die Schatten traten schärfer hervor.

Doch sie waren nicht in den Wald gegangen, um seine nächtliche Schönheit zu genießen und sich von Waldgeistern und Elfen gefangennehmen zu lassen. Als ‚Marder‘ waren sie hierher gekommen.

Als sie an ein Jagdhaus kamen, waren auf einmal die Sprühdosen da. Manfred und zwei andere hatten sie in einem Pappkarton mitgeschleppt. Ehe sie sich versahen, hatten auch Dan und sie eine in der Hand. Gaby preßte die Lippen fest aufeinander.

Sie waren nicht weggelaufen, sie hatten nicht mal protestiert. Mit den anderen zusammen hatten sie ge-

sprüht, einen großen Buchstaben nach dem anderen –
JAGEN IST TÖTEN ALS HOBBY.
 Gaby erinnerte sich, daß sie hinterher ganz atemlos gewesen war. Ihr Puls jagte, ihre Wangen brannten. Erst als einer dann noch riesige Schleifen sprühte, über das Dach, über die Fenster, das Jagdhaus von oben bis unten einsudelte, war die Ernüchterung gekommen. Bei den anderen zwei Jagdhäusern hatte es keinen Spaß mehr gemacht.
 „Schläfst du schon?"
 Wenigstens klang Paps' Stimme unverändert lieb und freundlich. Gaby wendete den Kopf.
 „Nein, ich habe nur einen Moment die Augen zugemacht."
 Neben ihr war Daniela immer noch damit beschäftigt, ihre Hände zu säubern. Sie rieb so heftig daran herum, daß fast die Haut abging.
 Im Gegensatz zu Gaby war sie innerlich noch ganz aufgewühlt. Es war schon schwer, ruhig im Auto zu sitzen. Am liebsten wäre sie nach Hause gerannt.
 Eine steile Falte zwischen den Brauen, starrte Daniela auf ihre Hände. Daß auch die blöde Farbe nicht abging! Sie konnte wischen und reiben, soviel sie wollte, es half nichts. Am Mittelfinger war noch ein langer roter Streifen und unterhalb des Daumens ein runder Fleck. Trotz der Dunkelheit hinten auf dem Rücksitz hatte Daniela das Gefühl, als müsse sie das verbergen. Sie verdeckte mit der linken Hand die rechte.
 Nutzlos war das. Sie versuchte es besser noch einmal

mit Wischen. Das Papiertaschentuch war von der Spukke schon ganz durchweicht. Sehnsüchtig schaute Daniela nach vorn auf das Handschuhfach. Sie wußte, daß dort noch ein Paket lag. Aber Paps konnte sie unmöglich fragen.

Es war ja seinetwegen, daß sie sich diese Mühe mit ihren Händen gab. Sie wollte sie sauber haben, bevor sie in Buchenloh ankamen. Paps durfte auf keinen Fall die rote Farbe sehen. Was sie heute nacht gemacht hatten, mußte ein großes Geheimnis zwischen ihr und der Schwester bleiben.

Und etwas gab es, darüber konnte sie vielleicht nicht einmal mit Gaby sprechen. Etwas, das sie sich nicht erklären konnte. Danielas Zeigefinger fing an, den Nasenrücken zu bearbeiten. Wie ein Rausch war es da draußen vor dem Jagdhaus über sie gekommen. Sie hatte gesprüht und gesprüht, war eine der Eifrigsten gewesen. Sie hatte sich die toten Rehe vorgestellt, die toten Hasen und Rebhühner. Mit jedem roten Buchstaben, der an der Hauswand erschien, wurde es dem Jäger schwerer gemacht, seinem Hobby nachzugehen. Das hatte alle ihre Bedenken weggewischt.

Die ‚Marder‘ hatten bei ihren Versammlungen oft genug darüber gesprochen. Der Rudelführer Manfred und die anderen wiesen immer erneut darauf hin, es gab keine Argumente für das Jagen. JAGEN IST TÖTEN ALS HOBBY. Sie, Daniela, war jetzt ein ‚Marder‘ und konnte sich diesen Überlegungen nur anschließen.

Das Dumme war nur, daß sie in letzter Zeit oft an

Bernd Schäfer denken mußte. Diesen Freund von Paps hatte sie immer gern gehabt. Er war Jäger, und es war noch gar nicht so lange her, da hatte er sie mit auf die Pirsch genommen. An diesen schönen Tag erinnerte sie sich gern.

Sehr früh morgens waren sie losgezogen. Von einem Hochsitz aus hatten sie zuerst ein Rudel Rehe beobachtet. Sie hatte die Unterschiede zwischen Dammhirschkühen und Rehgeißen kennengelernt und zwischen ein- und zweijährigen Rehböcken. Bei einem langen Streifzug durch den Wald hatte er ihr die Verbiß- und Fegeschäden gezeigt, die das Rehwild an den Bäumen anrichtet. Und obwohl er eine Flinte bei sich trug, hatte er kein einziges Mal geschossen.

An noch etwas erinnerte sich Daniela. Heute nacht im Wald war ihr Bernd Schäfer eingefallen. Genau in dem Moment, als sie festgestellt hatte, daß ihre Farbdose leer war. Sie hatte auf die Parole an der Wand des Jagdhauses gestarrt und an ihn gedacht. Er gehörte ebenfalls zu denen, die Töten als Hobby haben.

„So, da wären wir." Hanno stellte den Motor aus.

Beinahe fluchtartig verließen seine beiden Töchter den Wagen. Als sie in den Flur traten, registrierte er, wie blaß Gaby war. Sie hatte Ringe unter den Augen und vermied es, ihn anzusehen.

Daniela dagegen schien ihm unglaublich hektisch. Sie wurstelte mit einem zerdrückten Papierball herum, vermutlich einem Taschentuch. Bevor sie sich die Strickjacke auszog, mußte er erst in den Abfalleimer geworfen werden. Dann kam sie aus der Küche und stand einfach so herum. Das heißt, stehen konnte man das für Hannos Begriffe nicht nennen. Sie trat von einem Fuß auf den anderen, lief vor den Spiegel und wieder zurück, ging zu Gaby, ohne etwas von ihr zu wollen.

„Möchtet ihr vielleicht noch etwas essen oder trinken?" fragte Hanno.

Zaghaft antwortete Gaby: „Ich habe noch Durst, Paps."

„Wie ist es mit dir, Dan?"

„Ich eigentlich auch, aber du möchtest doch sicher lieber gleich ins Bett."

Für so viel Fürsorge bestand eigentlich kein Grund. Daß eine seiner Töchter lieber durstig ins Bett ging, als ihm noch fünf oder zehn Minuten seines Schlafes zu rauben, fand Hanno übertrieben.

„Na, kommt ihr beiden", meinte er gutmütig, „Saft ist noch da und Milch. Wir setzen uns einen Augenblick in die Anrichte. Vielleicht wollt ihr ja noch ein wenig euer Herz erleichtern."

Ohne jeden Hintergedanken sagte Hanno Waldmann das. Er glaubte, es werde für die beiden Mädchen einfach nett sein, ein bißchen über die nächtlichen Erlebnisse zu plaudern. Und da er damit beschäftigt war, Gläser aus dem Schrank und die Getränke aus dem Kühlschrank zu nehmen, entging ihm, daß Gaby und Daniela sich entsetzt anschauten.

Als er mit dem Tablett hereinkam, saßen die zwei mit

gesenkten Köpfen da. Sie sehen aus wie kurz vor einer Prüfung, stellte er belustigt fest. Wahrscheinlich sind sie müde. Wir werden die Plauderstunde so kurz wie möglich halten.

Doch selbst die fünf Minuten gaben ihm zu denken. Gaby konnte den Blick nicht von ihrem Glas lösen und gab auf seine Fragen nur einsilbige Antworten. Daniela nickte nur oder schüttelte den Kopf. Nach jedem Schluck Milch verschwanden ihre Hände unterm Tisch. Hanno atmete erleichtert auf, als die Gläser leer waren.

„Also los, nun ab ins Bett", gab er das Zeichen zum Aufbruch.

„Gute Nacht, Paps." Gaby beugte sich über ihn. Ihr Kuß war flüchtiger als sonst. Immer noch vermied sie es, ihn anzusehen.

Daniela legte ihm nur kurz die Hand auf die Schulter. Mit der anderen hielt sie vorn die Strickjacke zu. „Schlaf gut, Paps."

An sich war das bei Dan nichts Ungewöhnliches. Sie war diejenige seiner Töchter, die mit Zärtlichkeiten am sparsamsten war. Trotzdem sah ihr Hanno verwundert nach. So sparsam nun wieder nicht! Und dann diese alberne Art, wie sie die Strickjacke trug. Er hatte den flüchtigen Eindruck, als beulte die sich verdächtig.

Er blieb an seinem Platz sitzen, hörte die Mädchen miteinander flüstern. Dann vernahm er Gabys kurzen Aufschrei: „Warum hast du sie denn mitgenommen?" Wieder leises, hastiges Getuschel.

An diesem nächtlichen Ausflug war einiges, das ihm

nicht gefiel. Er würde der Sache auf den Grund gehen, nahm Hanno sich vor. Denn je mehr er überlegte, desto seltsamer hatten sich die Mädchen benommen. Ja, ausgesprochen seltsam! Er war nur froh, daß Corinna die beiden nicht so erlebt hatte. Es hätte sie um den Schlaf gebracht, das wußte er.

„Ich sehe besser noch mal nach ihnen." Hanno stand auf. „Corinna würde es auch tun, und mich wird es beruhigen."

Doch der Anblick, der sich ihm bot, war nicht dazu angetan, ihn sorglos schlafen zu lassen. Durch die offene Tür konnte er schon von der Treppe aus ins Zimmer sehen.

Gaby lag schon im Bett. Sie hatte sich für die Nacht Zöpfe geflochten und erinnerte ihn an das kleine Mädchen, das als Vierjährige, den Teddybär im Arm, oft in sein Bett gekrochen gekommen war, weil es nicht einschlafen konnte oder schlecht geträumt hatte.

Vor ihr stand Daniela in ihrem gestreiften Jungenschlafanzug und hielt eine längliche Dose hoch. Das Gesicht seiner Tochter zeigte deutlich, wie aufgeregt sie war. Ihre grünen Augen suchten unruhig im Zimmer umher.

„Mensch, Gaby, was mache ich bloß damit?"

Erst jetzt erkannte Hanno, was das für eine Dose war. Die roten Farbspuren, von der Lampe beschienen, waren nicht zu übersehen.

Im Türrahmen lehnend, konnte Hanno seinen Blick nicht von der Sprühdose lösen. Auf einmal war ihm alles klar. So, als wäre er dabei gewesen. Seine Töchter hatten sich als Naturschützer betätigt, hatten irgendwelche Parolen an Wände gesprüht. Wo und was konnte er nicht sagen. Das war unerheblich. Daß sie es getan hatte, erschreckte ihn.

„Sag doch mal was, Gaby!" Daniela drehte sich um und entdeckte den Vater. Ihre Augen weiteten sich entsetzt. „Paps!"

Mit spitzen Fingern nahm Hanno ihr die Sprühdose ab. „Die gibst du am besten mir."

„Paps, ich muß dir das erklären", begann Daniela.

Doch Hanno schüttelte den Kopf. „Darüber sprechen wir morgen. Jetzt mach, daß du ins Bett kommst."

Er wartete, bis Daniela sich die Decke bis zum Hals gezogen hatte, nickte ihr und der völlig erschlagenen Gaby, die keinen Mucks von sich gegeben hatte, zu.

„Schlaft jetzt schön."

Das war leichter gesagt, als getan. Gaby wälzte sich eine Weile unruhig von einer Seite auf die andere. Kein Wort kam mehr über ihre Lippen. Dabei hätte sie zu gern mit Daniela die Sache besprochen. Was sollte bloß morgen werden? Wie sollten sie Paps alles verständlich machen? Und wenn Mam erst von der Sprühdose erfuhr... Mit einem Seufzer schlief Gaby ein.

Als Daniela ihre tiefen gleichmäßigen Atemzüge hörte, beneidete sie die Schwester. Sie würde die ganze Nacht wach liegen, das war sicher.

„Schlaf schön", hatte Paps gesagt. Wie sollte man das, wenn jemand mit so eisiger Miene wie er im Türrahmen lehnte? Nicht wiederzuerkennen war ihr sonst so liebevoller Vater gewesen. Ein Fremder hatte dort gestanden, einer, mit dem man nicht reden konnte, der keine Erklärungen wollte.

„Darüber sprechen wir morgen."

Wenn Paps sich da nicht irrte. Kein Wort würde er aus ihr herausbringen. Heute nacht hatte sie ihm alles erzählen wollen, nicht morgen. Morgen hatte sie keine Lust.

Daniela warf sich auf den Bauch und zog die Decke über den Kopf. Am liebsten hätte sie geweint. Grau hatte Paps ausgesehen, richtig grau im Gesicht. Und nun konnte er vielleicht genau wie sie nicht schlafen. Weil er sich Sorgen machte.

Doch gleich darauf preßte sie das Gesicht tiefer in die Kissen. Nein, daran wollte sie nicht denken. Sie wollte hart bleiben, eisern. Paps würde versuchen, ihnen die Naturschutzgruppe auszureden. Aber sie war gern Mitglied bei den ‚Mardern'. Endlich hatte sie das Gefühl, sie tat etwas gegen sinnlose Zerstörung und Vernichtung der Natur. Und das sollte so bleiben.

Als Hanno am nächsten Tag das Thema anschnitt, hatte er keinen leichten Stand. Das merkte er sofort.

Gaby zeigte sich nicht so bereitwillig, wie er gedacht hatte, mit ihm über die Vorkommnisse der letzten Nacht zu diskutieren. Nur widerwillig kam sie auf seine Bitte hin von der Weide zurück. Sie wäre tausendmal lieber mit Mara ausgeritten oder hätte sämtliche Käfige und Ställe gesäubert, als mit ihm zu sprechen. Das spürte Hanno. Er deutete den trotzigen Ausdruck in ihren blauen Augen richtig.

Bei Daniela war das nicht anders.

Dabei wollte er seinen Töchtern keine Vorwürfe machen. Es war das Verkehrteste, was er tun konnte, und an der Tatsache, daß Gaby und Dan sich an einer solchen Aktion beteiligt hatten, änderte es nichts. Die Wand – welche auch immer – wurde dadurch nicht sauber.

In diesem Sinn hatte sich auch seine Frau geäußert. Sie waren übereingekommen, daß er das Gespräch mit den beiden allein führen sollte.

Mit nachdenklichem Stirnrunzeln hatte Corinna gemeint: „Weißt du, der geschlossenen Elternfront gegenüberzustehen macht alles noch schwerer. Das habe ich als Kind gehaßt, dieses Gefühl, keine Chance zu haben."

Mit der Begründung, einkaufen zu müssen, war sie in die Stadt gefahren.

Hanno nahm die Sprühdose, die er abends oben auf dem Küchenschrank deponiert hatte, herunter. Er stellte sie mitten auf den Tisch.

„Ich nehme an, sie ist leer, weil sie gestern in Aktion getreten ist", stellte er fest. Sein Ton war ruhig und sachlich.

„Ja, Paps", bestätigte Gaby. In der Erwartung, daß er sie regelrecht verhören werde, sah sie den Vater an.

„Es wird euch vielleicht wundern", fuhr Hanno fort, „daß ich nicht wissen möchte, wogegen und mit welchen Parolen ihr protestiert habt. Für meine Begriffe tut das nichts zur Sache. Wichtig ist nur, daß ihr etwas mit Farbe besprüht habt, und zwar, wie ich annehme, etwas, das euch nicht gehört."

Daniela verstand nicht, warum der Vater so um den Brei herumredete. Er konnte das Ding ruhig beim Namen nennen.

„Wir haben einen Satz auf eine Wand gesprüht."

„Von einem Jagdhaus", ergänzte Gaby.

Aha, in diese Richtung lief also der Protest. Hanno überlegte. Er konnte sich gut vorstellen, daß man Gaby und Daniela mit Argumenten, man müsse die armen Rehe vor den Jägern schützen, gewann. Daß die Jäger, sofern sie nicht nur Trophäen nachjagten, sondern ihre Aufgabe ernst nahmen, gute Gegenargumente besaßen, war ihm selbst klar. Aber den Mädchen wahrscheinlich nicht. Hatten sie sich jemals ernsthaft mit diesen Argumenten auseinandergesetzt? Er bezweifelte es. Doch darüber wollte er im Moment nicht reden. Dazu würde sich eine andere Gelegenheit bieten.

„Ihr wißt, daß ihr damit das Eigentum anderer in erheblichem Maße beschädigt habt?" fragte er.

In Danielas grünen Augen blitzte es kämpferisch. „Klar, die sollen doch endlich merken, daß..."

Hanno ließ sie nicht ausreden. Er beugte sich über den Tisch. „Aber, Dan, stell dir vor, jemand käme hierher nach Buchenloh und machte dasselbe?"

„Das würde niemand tun, Paps." Eine wegwerfende Handbewegung unterstrich den Satz. Daniela war davon fest überzeugt.

„Vielleicht doch", sagte Hanno. „Wir haben doch auch vor gar nicht langer Zeit dagegen gekämpft, daß die Straße durch Buchenloh und das Naturschutzgebiet gebaut wird. Damals hat es genügend Leute gegeben, die für diese Straße waren."

Darauf wußten die Schwestern nichts zu erwidern. In gewisser Weise hatte der Vater recht.

Gaby aber war geradezu erschrocken. Wenn sie sich das vorstellte: das schöne alte Bauernhaus über und über mit roter Farbe besprüht, so wie das Jagdhaus. Sie wurde blaß.

„Wenn es doch für einen guten Zweck ist, Paps."

„Nicht einmal dann, Gaby. Ein gutes Ziel mit unrechten Mitteln erzwingen wollen, macht immer auch das Ziel fragwürdig. Heute besprühst du Wände oder blokkierst die Straße, morgen zündest du Autos an oder schlägst Fensterscheiben ein. Wo willst du da die Grenze ziehen?"

„Wir würden doch nie..." Hilflos zuckte Gaby mit den Schultern und sah Daniela an.

Die Schwester saß da, die grünen Augen unverwandt auf den Vater gerichtet, die Hände im Schoß verkrampft.

„Ich halte nur eine Auseinandersetzung mit Worten für erlaubt", erklärte Hanno. „Man darf weder die Rechte anderer Menschen einschränken, noch die Zerstörung ihres Eigentums als Argument gebrauchen. Das ist Ausübung von Gewalt, eine Form der Nötigung, die nur zeigt, wie schwach die eigenen Argumente sind."

Tief aufatmend schwieg Hanno einen Augenblick. Ob Gaby und Daniela verstanden hatten, was er ihnen sagen wollte, wußte er nicht. Vor allem aber, ob sie sich davon überzeugen ließen.

Doch mehr konnte er nicht tun. Er lächelte. Einbläuen konnte er ihnen seine Überzeugung nicht, ohne sich selbst zu widersprechen.

Er nahm die Sprühdose hoch, drehte sie in den Händen. „Im übrigen finde ich dieses Mittel noch aus einem anderen Grund schlecht. Habt ihr beiden Naturschützer bedacht, daß jede dieser Dosen mit Treibgas gefüllt ist?"

„Du meinst..." Gaby war im Moment entfallen, was es mit diesen Sprühdosen auf sich hatte. Irgend etwas war daran nicht gut. Darüber hatte etwas in der Zeitung gestanden.

Die technisch versierte Daniela schlug sich gegen die Stirn. Wie hatte sie das bloß vergessen können! Als sie Gabys ratlosem Blick begegnete, rief sie: „Mensch, Gaby, Treibgas zerstört die Ozonschicht."

Dadurch wurde Gaby nicht schlauer. Fieberhaft versuchte sie sich zu erinnern, was diese Ozonschicht genau war und warum es schlimm war, wenn das Ozonloch größer wurde. Denn so etwas gab es schon. Daran konnte sie sich erinnern.

Daniela legte ihr die Hand auf den Arm. „Komm, ich erkläre es dir. Ozon hat drei Sauerstoffatome, deshalb nennt man es O_3. Wenn das Treibgas entweicht, zerstören seine Kohlenwasserstoffgase das Ozon und machen es zu einfachem normalem Sauerstoff, O_2."

„Was ist schlimm daran?" erkundigte sie sich.

Trotz Danielas Erklärung konnte Gaby sich das nicht richtig vorstellen. Ein Loch im blauen Himmel – ob man das sehen konnte?

Auch das wußte Daniela. „Die Ozonschicht sorgt dafür, daß die ultraviolette Strahlung gefiltert wird. Es kommt dadurch weniger davon auf die Erde. Wenn nun das Ozon kaputtgeht, gibt es zum Beispiel mehr Hautkrebs. Du weißt ja, daß man durch die normale UV-Strahlung schon Sonnenbrand bekommt."

„Besser hätte ich es nicht erklären können", gab Hanno lachend zu. „Ich fürchte, schlechter."

Froh darüber, daß dieses Thema unverfänglicher war, fragte Gaby: „Aber weißt du eine Alternative, Paps? Du hast immer gesagt, wenn man gegen etwas ist, muß man eine Alternative anbieten."

„Für die Sprühflasche?" Nicht eine Sekunde mußte Hanno überlegen. „Wie wäre es mit dem guten alten Flakon? Ihr wißt schon, die Zerstäuber aus Großmutters Zeiten. Die sind vermutlich am ungefährlichsten für die Umwelt."

„Wäre 'ne ganz schöne Arbeit gewesen", meinte Daniela, in Gedanken versunken.

„Was?" fragte Hanno.

Doch seine rothaarige Tochter lächelte nur verschämt. „Paps, eins kann ich dir, glaube ich, versprechen. Sprühdosen benutze ich nie wieder."

Eine Rose für Toto

Erst am nächsten Nachmittag, als Daniela und sie auf dem Weg zu den ‚Mardern' waren, stellte Gaby eine Frage, die ihr den ganzen Tag im Kopf herumgegangen war. Sie rutschte im Bus dichter an die Schwester heran und dämpfte ihre Stimme.

„Sag mal, Dan, wenn während unserer Versammlungen von Vollmondtreffen die Rede war, hat doch niemand davon gesprochen, daß wir Sprühdosen benutzen würden, oder?"

Bevor sie antwortete, sah Daniela sich um. Niemand saß in der Nähe; der Bus in die Stadt war um diese Zeit sowieso nicht voll.

„Nein", sagte sie, „es hat mich selbst total überrascht."

Gaby, die an diesem Tag die Haare nicht zum Pferdeschwanz hochgebunden trug, strich sich eine Strähne hinters Ohr. „Ich habe mir nämlich überlegt, ob wir das überhaupt mitgemacht hätten, wenn wir es vorher gewußt hätten."

„Ich bestimmt", reagierte Daniela ganz spontan. „Allerdings, wenn Paps vorher mit uns darüber gesprochen hätte..."

„Ist ja nun passiert." Gaby blickte auf ihre Fußspitzen. Es fiel ihr schwer, in Worte zu fassen, was sie sagen wollte. „Mir ist nur eingefallen, du weißt schon, diese

Formulierung auf dem Flugblatt."

„‚Wer hoch sitzt, soll tief fallen.'" Auf einmal war Daniela hellhörig. „Ja, was ist damit?"

Gabys Gesicht zeigte deutlich, wie stark sie diese Probleme beschäftigten. Ihre Brauen waren zusammengezogen; sie nagte an ihrem Daumen.

„Wenn das nun auch etwas anderes bedeutet, so wie Vollmondtreffen?" stieß sie hervor.

Dieser Gedanke war Daniela schon gekommen. Gestern abend im Bett hatte sie an nichts anderes denken können und sich einige Zeit schlaflos hin und her gewälzt.

Trotzdem fragte sie: „Aber was soll es denn bedeuten?"

„Wenn ich das wüßte." Gaby seufzte.

Mit dieser Ungewißheit mochte Daniela sich nicht abfinden. Sie schlug der Schwester auf den Oberschenkel. „Ist doch ganz einfach, wir fragen."

Das taten sie dann auch. Manfred, der Rudelführer, lief ihnen als erster über den Weg. Er war ein großer, stämmiger Kerl mit ebenso hellen Haaren wie Augen. Wangen und Stirn wiesen Narben und Rötungen, Spuren einer Pubertätsakne, auf.

„Hör mal, Manfred", ging Daniela direkt auf ihr Ziel los, „wir haben da eine Frage."

Sie erklärte ihm, worum es ging. Doch Manfred lachte sie aus.

„So 'n Blödsinn, darauf können auch nur Neulinge bei den ‚Mardern' verfallen. Ist doch bloß 'n Spruch."

Vergeblich bemühte Gaby sich, von seiner Miene abzulesen, ob er die Wahrheit sagte. Manfreds Antwort beruhigte sie nicht.

Zu ihrer Überraschung sagte Daniela da: „Wir wollten uns für heute entschuldigen. Wir haben keine Zeit, weil wir mit unseren Eltern zu Freunden fahren."

Wieder lachte Manfred. „Nicht schlimm. Heute verteilen wir nur Flugblätter. Und gegen die habt ihr ja sowieso was."

Er winkte ihnen freundlich und verschwand die Treppe hinunter. Der Treffpunkt der ‚Marder' war ein Kellerraum, den ein verständnisvoller Vater zur Verfügung gestellt hatte.

Daniela zog Gaby mit sich fort. Einige Minuten liefen sie schweigend nebeneinander her.

„Wohin willst du?" erkundigte sich Gaby schließlich.

„Ins Café Brummer."

Dieses Café lag nur dreihundert Meter von der Schule entfernt. Hier gab es nicht nur die besten Mandelhörnchen, sondern auch einen prima Kakao. Manches Mal hatte sich Herr Brummer, der dicke Wirt, auch schon als Trostspender betätigt.

Seine blauen Augen blickten verwundert auf, als Gaby und Daniela hereinkamen. „Nanu, nachmittags habe ich euch hier ja noch nie gesehen. Ist was passiert? Braucht ihr Hilfe?"

Daniela lächelte ihm zu wie einem guten alten Freund. „Nein, danke, Herr Brummer, nur Mandelhörnchen, bitte."

Als der Wirt ihnen das Gewünschte gebracht hatte, faltete er seine Hände über der weißen Schürze. „Dann ist's ja gut, ich dachte, es soll wieder eine Straße gebaut werden, wo sie nicht hingehört."

„Er ist nett", flüsterte Gaby. „Wäre gar nicht schlecht, wir könnten ihm von unserem Problem erzählen."

Daniela nickte. „Aber laß und erst mal mit Peggy und Maria drüber reden, die kommen morgen zurück."

Gedankenvoll lutschte Gaby die Schokolade von ihrem Hörnchen. „Weißt du, was? Ich wüßte zu gern, was die beiden jetzt gerade machen. Manchmal denke ich, wir beide hätten auch das Projekt ‚Zirkus' wählen sollen."

Peggy und Maria ahnten nicht, worüber die Schwestern sich Gedanken machten. Sie waren vor lauter Zirkus überhaupt nicht dazu gekommen, tagsüber an etwas anderes zu denken. Nur abends, wenn sie in ihre Schlafsäcke gekuschelt im Wohnwagen lagen, schickten sie liebevolle Gedanken zu den Eltern und Gaby und Daniela.

An diesem Tag aber waren sie nur aufgeregt. Sie sollten in der Abendvorstellung bei der Exotenschau Tiere durch die Manege führen.

„Wir dürfen uns ein Kostüm dazu aussuchen."

Marias dunkle Augen strahlten. Wenn sie zurückdachte, was sie schon alles hier im Zirkus gemacht hatten; es war einfach unglaublich.

Eine ganze Zeit waren Peggy, Michael und sie damit

beschäftigt gewesen, den Toilettenwagen mit PVC auszukleiden. Sie gehörten zu den handwerklich begabtesten Mädchen und hatten sich viel Mühe gegeben.

Es war gar nicht einfach gewesen, so genau zu arbeiten, daß Kante auf Kante paßte. Das zähe Material ließ sich schwer schneiden und widerstand manches Mal ihren vereinten Anstrengungen. Der Klebstoff, den sie benutzen mußten, hatte fürchterlich gestunken. Das waren die Schwestern nicht gewöhnt. Bei allen Reparaturen in Buchenloh achtete der Vater darauf, daß möglichst umweltfreundliche Stoffe benutzt wurden.

Mit diesem Klebstoff wäre Paps bestimmt nicht einverstanden gewesen, schon allein wegen der schädlichen Lösungsmittel. Maria mußte grinsen. Außerdem hätte er nie Kunststoff benutzt.

Trotzdem – der Toilettenwagen war fertig geworden und konnte jetzt von den Besuchern und natürlich auch von ihnen benutzt werden.

Außerdem hatten Peggy und sie vor allem bei den Tieren geholfen.

Genau wie alle anderen mußten sie zwischendurch für die Gruppe kochen oder einkaufen. Das ging nach einem Plan vor sich, auf dem Frau Doktor Peters bestanden hatte. Die Spaghetti, die sie nach Mams Rezept zubereiteten, hatten allen geschmeckt. Es war der einzige Tag gewesen, an dem selbst Beate und Heike nicht über die Waldmann-Töchter hergezogen waren.

Dann dieser Abend mit dem Zirkusdirektor: Sie saßen gemütlich zusammen und erfuhren eine Menge über die Organisation und die Artisten.

Es gab eine Nummernbörse in Paris und in Monaco. Von dort holte er sich die Schauleute für den Zirkus ‚Fliegenpilz'. Meistens wurden sie für eine Saison engagiert. So blieb das Programm abwechslungsreich und war für die Besucher immer wieder neu. Nur die Handlanger, Tierpfleger und die Männer, die beim Aufbau halfen, blieben länger dabei. Es waren wie die Artisten Menschen unterschiedlicher Nationen; Polen, Italiener, Spanier.

Am schönsten aber waren die Stunden mit dem Clown Toto. In einem Interview hatten sie erfahren, wie er zum Clown geworden war. Seine Geschichte machte Maria traurig, wenn sie nur daran dachte.

Eigentlich hatte er nämlich Musik studieren wollen. Aber seine Eltern hatten es entschieden abgelehnt, ihn darin zu unterstützen. Durch Zufall lernte er damals ein paar Leute vom Zirkus kennen. Er schloß sich ihnen an, obwohl er genau wußte, daß er damit keine andere Berufsperspektive haben würde. Seine Eltern hatten den Kontakt zu ihrem Sohn daraufhin vollkommen abgebrochen.

Wenn Toto von diesen Dingen sprach und darüber, daß er eines Tages gerne eine Familie gründen und nicht länger beim Zirkus arbeiten wollte, zog er immer seine Flöte hervor. Die Lieder, die er dann spielte, waren sehr melancholisch.

„Warum spielst du das?" fragte Maria.

Dann griff Toto nach einer ihrer dunklen Locken und

zog leicht daran. „Ich spiele, was ich fühle."

„So ist mir manchmal, wenn ich an Sizilien denke." Warum, hätte Maria nicht sagen können, doch sie erzählte ihm vom letzten Winter, als sie ihren Spiegeltraum wahrmachen und in ihre Heimat reisen wollte.

Für Augenblicke sah der Clown sie aus traurigen schwarzen Sternenaugen an. Sein roter Mund leuchtete in dem weißen Gesicht. Dann wechselte er die Melodie. Fröhlich wie zum Tanz stiegen die Töne in die Zirkuskuppel.

O ja, Peggy und sie hatten schon viel erlebt. Maria reckte sich. Heute sollte nun der Höhepunkt sein. Sie würden in die Manege einziehen wie Artisten. Peggy in einem schwarzen Anzug mit Zylinder, sie in einem rotschimmernden Kleid mit bunten Schnüren.

Nichtsahnend sah sie Beate und Heike zu dem Wohnwagen kommen, wo sie sich umzogen. Die beiden Freundinnen steckten schon in ihren Kostümen. Sie sollten bei der Vorstellung die Nummerngirls spielen und trainierten, was von ihnen verlangt wurde. In sehr kurzen rosa Tüllröckchen mit silbernen Korsagen, die Schultern und Arme frei ließen, schritten sie langsam im Kreis herum. Ab und zu blieben sie stehen und zeigten den anderen aus der Gruppe mit einem Knicks die imaginäre Nummer. Gerrit und Klaus, einer aus dem elften Jahrgang, klatschten begeistert Beifall.

„Wie sehe ich aus?" fragte Peggy in diesem Moment. Sie stülpte sich den Zylinder auf den Kopf.

„Prima, große klasse. Wenn die zu Hause dich so

sehen könnten!" Maria drehte sich um. „Kannst du mir das hinten zumachen?"

Nachdem Peggy eine Weile an den Knöpfen genestelt hatte, stellte sie fest: „Fertig, toll siehst du aus, wie eine Fee."

Ihre Freude hielt nicht lange an. Als Peggy die Stufen vom Wohnwagen hinunterging, stellte sich ihr Beate in den Weg. Sie wiegte den Kopf hin und her, als müsse sie überlegen.

Laut, daß alle es hörten, meinte sie: „Exotenschau? Also, ich finde, daß paßt zu dir."

Peggys braune Haut wurde einen Schein blasser. Ihr Mund zog sich schmerzhaft zusammen. Am liebsten hätte sie auf der Stelle kehrtgemacht und sich den Anzug vom Leib gerissen.

Dabei traf sie nicht so sehr die Bemerkung als das Verhalten der anderen. Die Jungen und Mädchen grinsten mehr oder weniger versteckt. Das war hart.

Maria, die hinter Peggy auf der Treppe stehengeblieben war, spürte eine ungeahnte Wut in sich aufsteigen. Ihre Wangen färbten sich. Ihre schwarzen Augen sprühten Funken. Mamma mia, das durfte doch nicht wahr sein, daß diese blöde Kuh ihrer Schwester so weh tat.

„Und du, Beate, halbnackt im Tüllrock als Nummerngirl, da lacht ja selbst Othello."

Es war, als habe sich das Pferd mit Maria verbündet. Denn es hob seinen Kopf mit der strubbeligen hellen Mähne auf das Gatter und bleckte sämtliche Zähne.

Dabei wieherte es dreimal hintereinander.

Der Anblick war so komisch, daß die Jungen und Mädchen in Johlen ausbrachen. Selbst Gerrit und Klaus lachten und warfen schadenfrohe Blicke auf Beate und Heike.

Zornentbrannt, daß Maria ihnen die Schau gestohlen hatte, stolzierten die beiden Freundinnen davon.

Unbemerkt von den Schülern hatte Frau Doktor Peters die Auseinandersetzung verfolgt. Ohne daß die Schwestern es mitbekamen, winkte sie Heike und Beate zu sich heran.

Normalerweise hielt sie es nicht für richtig, sich als Lehrerin einzumischen. Die Schüler sollten ihre Rangeleien unter sich ausmachen. In diesem Fall ging ihr das, was sie gehört hatte, aber so sehr gegen den Strich, daß sie die beiden zur Rede stellte.

„Ja, aber", begann Beate und warf das blonde Haar zurück.

Wortreich setzte Heike der Lehrerin auseinander, daß das Ganze nur ein Scherz gewesen sei. Dabei reckte sie sich unwillkürlich, so daß sie die zierliche Frau Doktor Peters um Haupteslänge überragte.

Doch die Lehrerin ließ keine Einwände gelten. Sie bestand darauf, daß die beiden sich bei Peggy entschuldigten. Notgedrungen bequemten sich die beiden Mädchen dazu.

Lange durften Peggy und Maria diesen Triumph nicht auskosten. Denn die Vorstellung begann. Den Ablauf kannten sie nun schon gut. Zuerst die Taubennummer, das Feuerrad und die klugen Ziegen, dann die Wildschweine auf der Rutschbahn und die goldene Menschenpyramide.

„Jetzt sind wir dran", flüsterte Maria.

Ungeduldig wartete sie auf die Einmarschmusik. Von Zeit zu Zeit warf sie einen mißtrauischen Blick auf das Tier, das sie am Zügel führte. Ausgerechnet ein Lama! Hoffentlich spuckte es nicht im unpassenden Moment. Da, das war die richtige Melodie, die die Kapelle jetzt spielte. Es ging los.

Der Sternenvorhang hob sich. Geblendet von den Scheinwerfern, setzte sich Maria mit ihrem Lama in Bewegung. Erst als sich ihre Augen ein wenig an die Helligkeit gewöhnt hatten, konnte sie Peggy an der Spitze des Zuges sehen. Die Schwester führte Wendy, das schottische Hochlandrind.

Das rotbraune, zottige Ungeheuer wußte genau, was von ihm verlangt wurde. Langsam und dem Rhythmus der Musik angepaßt, lief Wendy durch das Manegenrund. Gegenüber dem Eingang blieb sie stehen und setzte die Vorderbeine auf den Rand. So wartete sie, bis alle Exoten sich im Kreis aufgestellt hatten. Schon das brachte ihr Beifall ein.

Als die Kapelle nun ein anderes Lied begann, schien Wendy aufzuhorchen. Die Hufe immer noch erhöht auf dem Manegenring, wiegte sie im Walzertakt ihren rotbraunen Zottelkopf.

Die Zuschauer klatschten begeistert. Einige fingen an zu johlen. Peggy zog mit einer großartigen Geste ihren

Zylinder und bedankte sich. Doch auch das Hochlandrind wußte, was sich gehörte. Es verbeugte sich, daß die spitzen Hörner fast den Sand berührten.

Ein bißchen beneidete Maria die Schwester um diesen Erfolg. Ihr Lama konnte kein Kunststück. Den Kopf hochmütig erhoben und mit dümmlichem Blick, wie sie fand, ließ es sich durch die Manege ziehen. So musikalisch wie Wendy war es nicht. Als der Walzer erklang, ging es im selben Tempo weiter wie vorher. Dabei kam es dem Maulesel, der von Maxi, dem Sohn des Zirkusdirektors geführt wurde, bedenklich nahe.

„Paß doch auf!" zischte Maxi.

Erschrocken zog Maria das Lama ein Stück zurück. Dabei äugte sie mißtrauisch zu ihm hoch. Hoffentlich rächte sich das Tier nicht an ihr. Doch das Lama schob nur unentwegt den Unterkiefer von einer Seite zur anderen.

Inzwischen spielte die Kapelle einen flotten Marsch. Maria mußte das Lama so drehen, daß es ins Publikum blickte. Sie strengte sich an, drückte und schob. Das Tier zeigte sich stur. Es rührte sich keinen Zentimeter von der Stelle. Den Kopf hochgereckt, mahlte es mit dem Unterkiefer.

„Nun mach schon", murmelte Maria. „Sie werden dich für schrecklich verfressen halten."

Sie fühlte, wie ihre Hände feucht wurden. Sie wollte ihre Sache besonders gut machen, allein, weil Toto ihr versprochen hatte, er werde ihrem Auftritt zusehen. Und nun hatte sie dieses widerspenstige Vieh erwischt, dem sie nicht über den Weg traute. Maledetto, sie hatte Angst davor, es könnte sie anspucken. Gerade hier in der Manege, vor den Augen von mehreren hundert Zuschauern.

Ein schrecklicher Gedanke. Maria sah hoch. Die Scheinwerfer blendeten so, daß sie von der Menschenmenge nicht viel erkennen konnte. Nur Menschenköpfe, aneinandergereiht, schemenhaft, nicht auszumachen, ob es Männer, Frauen oder Kinder waren.

Aber sie, Maria, konnte jeder sehen. Sie stand im Sand der Manege, von Tausenden von Watt beschienen. Vermutlich sah jeder sogar, daß ihr feine Schweißperlen auf der Stirn standen. Da gab es nur eins. Sie mußte lächeln. So war sie hereingekommen, so würde sie wieder hinausmarschieren. Vielleicht merkten die Zuschauer dann nichts.

Als die Tiere sich für den Beifall bedankten, allen voran Wendy mit einer Verbeugung, blieb Maria nichts anderes übrig. Sie zog kräftig am Halfter. Das Lama neigte seinen Kopf, ohne zu spucken. Maria strahlte. Das war noch einmal gut gegangen.

Voller Erleichterung sah sie den Sternenvorhang sinken. Ihr großer Auftritt im Zirkus ‚Fliegenpilz‘ war vorbei. Nachdem sie das Lama dem Tierpfleger übergeben hatte, lief sie hinüber zu Toto.

Der Clown saß auf einer umgedrehten Regentonne und spielte auf seiner Querflöte eine traurige Melodie. Die Arme hinter dem Rücken verschränkt, hörte Maria zu, bis sie zu Ende war.

„Wie war ich? Wie fandest du mich?" fragte sie dann.

Toto betrachtete das Mädchen in dem schimmernden roten Kleid. Mit seinen schwarzen Haaren und Augen sah es so aus, als trage es immer buntverschnürte Gewänder. Vor allem aber gefiel ihm der glückliche Ausdruck in Marias Gesicht.

„Du warst die Hübscheste, eine richtige Zirkusprinzessin", sagte er. „Hättest du Lust mitzufahren, durch die ganze Welt, jeden Abend draußen in der Manege stehen?"

Unwillkürlich warf Maria einen Blick auf Peggy. Verständnisvoll, wie die große Schwester war, hielt sie sich in einiger Entfernung. Sie wußte, wieviel Maria daran lag, sich mit Toto allein zu unterhalten.

Sehr sanft berührte der Clown Marias Wange. „Jetzt hast du dich verraten. Du findest den Zirkus reizvoll, aufregend, aber dieses Buchenloh bedeutet dir mehr."

Keine Sekunde brauchte Maria da zu überlegen. „Stimmt, da bin ich zu Hause."

Sie sah in sein Gesicht, eine weiße Maske mit sternförmig umrandeten Augen und traurigem rotem Mund. Es war der Abschied, das wußte sie. „Du wirst uns eines Tages besuchen kommen, nicht wahr?"

Toto griff nach seiner Flöte. Die Melodie, die Maria antwortete, war fröhlich und leicht. Kein Versprechen, aber immerhin.

Was dann noch kam, ging ganz schnell vorbei. Die letzte Nacht im Zirkuswagen, packen und der Abschied von den Zirkusleuten. Die Teilnehmer am Projekt hatten sich etwas Hübsches dazu ausgedacht. Jeder, ob Direktor oder Artist, ob Küchenfee oder Handlanger, sollte von ihnen eine Blume geschenkt bekommen.

Obwohl sie einigen Spott über sich ergehen lassen mußte, schenkte Maria dem Clown Toto bei dieser Gelegenheit ein rote Rose.

Eines jedenfalls konnte Corinna Waldmann mit Freude feststellen, als sie ihre beiden Mädchen nach diesen zehn Tagen wieder in die Arme schloß: Peggy und Maria hatten eine schöne Projektwoche hinter sich. Durch das hautnahe Miterleben der fremden und faszinierenden Zirkuswelt hatten sie wichtige neue Eindrücke bekommen und Verständnis für eine Lebensweise, die ganz anders war als ihre eigene.

Mit großen Augen hörten Gaby und Daniela zu, was die Schwestern zu erzählen hatten. Alles interessierte sie, die Tiere vor allem, aber auch die Artisten und Handlanger, der Ablauf der Zirkusvorstellungen und die Arbeiten, die die Projektteilnehmer übernommen hatten.

„Ich weiß nicht." Gaby krauste die Nase. „Den Käse hätte ich ja gern angeboten. Aber ob ich mich in die Manege getraut hätte?"

„Das war gar nicht schlimm", behauptete Maria. „Und es war wirklich eine Schau. Hat Spaß gemacht, nicht, Peggy?"

Während Peggy nickte, meinte Daniela: „Wenn ihr mich fragt, ich hätte am liebsten eine goldene Menschenpyramide gebaut. Ganz oben auf der Spitze, das muß toll sein."

„Wißt ihr, was das allerbeste war?" fragte Maria. „Am Bahnhof, als wir ankamen, sind wir noch interviewt worden. Ratet mal, von wem?"

„Mach's nicht so spannend", entgegnete Gaby.

„Von Peer Hansen vom Stadtanzeiger."

An diesen Reporter konnten sich alle noch gut erinnern. Er hatte schon die ganze Familie befragt, damals, als es um den Bau der Straße gegangen war. Der junge Mann mit dem schon etwas gelichteten Haar und dem rotbraunen Bart war fast so etwas wie ein Freund geworden.

Neugierig erkundigte sich Daniela: „War Bella Brandt auch wieder dabei? Sind Bilder von euch gemacht worden?"

Peggy griff nach einer Waffel, tunkte sie in die Sahne und steckte sie in den Mund. Erst dann war sie bereit zu antworten. „Ja, sogar eine ganze Menge, aber nicht von Bella Brandt. Sie mußte zu einem anderen Termin. Da ist nämlich ein Unglück passiert."

„Ein Unglück?" Fragend hob Corinna die Augenbrauen.

„Ja, ein Kind ist im Wald verletzt worden, ein kleines Mädchen, hat uns Peer Hansen erzählt. Es hat auf einem Hochsitz gespielt, der unter ihm zusammengekracht ist."

Bei dem Wort „Hochsitz" horchten Gaby und Daniela auf. Das hatte etwas mit Jagen zu tun. Seit sie in der Naturschutzgruppe mitarbeiteten, beschäftigten sie sich vor allem damit. Was die ‚Marder' unternahmen, richtete sich gegen die Jagd und die Jäger. Das war bei dem Vollmondtreffen so gewesen; darum ging es bei ihren Versammlungen, wenn sie diskutierten, bei ihren Info-Ständen und bei ihren Flugblättern.

Peggy, die davon nichts wußte, erzählte unbeirrt weiter. „Peer Hansen war ziemlich empört. Die Polizei mußte eingeschaltet werden."

„Warum denn das?" erkundigte sich Hanno.

„Sie nehmen an, daß der Hochsitz nicht von allein zusammengebrochen ist, daß jemand daran schuld ist."

„Ist das Mädchen schwer verletzt?" Mit ernster Miene sah Gaby hoch. Ihr war nicht klar, warum, aber sie hatte Angst vor der Antwort.

„Es hat beide Beine gebrochen."

In Marias Augen blitzte es. Die Empörung war ihr deutlich anzusehen. „Stellt euch mal vor, jemand hat wirklich mit Absicht den Hochsitz beschädigt. Also, wenn das keine Gemeinheit ist..."

Der Verdacht fällt auf die ‚Marder'

Der Unglücksfall empörte nicht nur Maria. Am nächsten Tag waren die Zeitungen voll davon. Da inzwischen das Untersuchungsergebnis vorlag, berichteten die Artikel in aller Ausführlichkeit. Unbekannte hatten den Hochsitz angesägt. Nur dadurch hatte es passieren können, daß die siebenjährige Eva Preimann beim Klettern einstürzte. Das Mädchen war mit seinen Eltern spazierengegangen und hatte sich etwa dreißig Meter von ihnen entfernt. Oben auf dem Hochsitz angekommen, hatte Eva ihren Eltern zugewinkt. Im selben Moment hatte das Gerüst unter ihr nachgegeben und sie mit in die Tiefe gerissen.

„Fürchterlich", meinte Corinna kopfschüttelnd, „da hätte noch viel Schlimmeres passieren können."

Peggy pflichtete ihr bei: „Na und ob, Mam. Peer Hansen hat gestern schon gesagt, den Hals hätte sie sich brechen können."

Die Morgenzeitung wanderte beim Frühstück von einer Hand zur anderen. Das kam in Buchenloh nicht häufig vor. Corinna liebte es nicht, wenn bei Tisch gelesen wurde. Da hatte sie ihre Prinzipien.

Doch in diesem Fall machte sie eine Ausnahme. Wegen dem Bericht von Peer Hansen über das Projekt ‚Zirkus' hatten es besonders Peggy und Maria nicht abwarten könne, einen Blick in die Zeitung zu werfen. Gleich neben dem Artikel stand der Unfallbericht. In einem Kommentar wurde ausführlich diskutiert, wer für die gebrochenen Beine der kleinen Eva verantwortlich gemacht werden konnte.

Viel Spekulation war dabei im Spiel. Die Stadtverwaltung, das Forstamt und auch die Jäger mußten herhalten. Ein Polizist hatte einem Reporter gegenüber sogar behauptet, jemand aus dem Umfeld „radikaler Tierbefreier" haben den Hochsitz angesägt.

Gaby, die mit seltsam blassem Gesicht die Zeitung an Daniela weiterreichte, zerkrümelte gedankenverloren das Brot auf ihrem Teller. Sie war so beschäftigt damit, daß sie nicht merkte, wie Corinna ihr mehrmals einen verstohlenen Blick zuwarf.

Als die Brocken auf Gabys Teller kleiner wurden und schließlich nicht viel mehr waren als winzige Krümel, schluckte Corinna, sagte jedoch nichts.

Wortlos gab Daniela die Zeitung an den Vater weiter. Ihre Stirn mit den feinen Sommersprossen war gerunzelt. Genau wie Gaby schien ihr das, was sie gelesen hatte, auf der Seele zu liegen.

„Paps, was ist das eigentlich, radikal?" fragte sie, nachdem Hanno den Artikel gelesen und die Zeitung beiseite gelegt hatte.

„Im allgemeinen Sprachgebrauch versteht man heute darunter, daß jemand, um ein Ziel zu erreichen, bereit ist, alle Mittel einzusetzen, die ihm notwendig erscheinen, aber sich nicht unbedingt an Recht und Gesetz orientiert", erklärte Hanno ihr.

Es schien ihm, als gebe es keine bessere Gelegenheit, seinen Töchtern noch einmal zu zeigen, wohin die Anwendung gewalttätiger Mittel bei einer Auseinandersetzung führte. Er hoffte, wenn Gaby und Daniela das begriffen, würden sie sich demnächst in ihrer Naturschutzgruppe dafür einsetzen, daß Sprühflaschen und ähnliches nicht mehr verwendet wurden.

Daß Gaby und Daniela inzwischen innerlich in höchsten Nöten waren, ahnte der Vater nicht. Im Gegensatz zu ihm stellten sie sofort eine Verbindung zwischen dem angesägten Hochsitz und den ‚Mardern' her. Der Verdacht, daß nicht radikale Tierbefreier, sondern Mitglieder ihrer Gruppe zu dem Unglücksfall beigetragen hatten, lag für sie sehr nahe.

Da war dieses Flugblatt, das ihnen schon manches Kopfzerbrechen bereitet hatte. *Wer hoch sitzt, soll tief fallen,* eine Formulierung, über die sie gestolpert waren, als das Flugblatt von der Gruppe verfaßt worden war. Doch sie hatten sich von Manfred und einigen anderen beruhigen lassen und bei der Verteilung mitgemacht.

Erst nach dem Vollmondtreffen waren ihre Zweifel wiedergekommen. Dieser nächtliche Ausflug hatte den Vollmond nur zum Vorwand gehabt, um die Aktion mit den Sprühflaschen zu starten. Seitdem ging beiden Mädchen dieser Satz im Kopf herum.

Deshalb hatten sie an diesem einen Nachmittag die Versammlung geschwänzt und waren ins Café Brummer gegangen. Ganz offen hatte Daniela das der Schwester gegenüber zugegeben. Und Gaby war einverstanden. Ihr machte das ebenfalls zu schaffen.

Doch allmählich hatte sie sich beruhigt. Sie waren wieder zu den Versammlungen gegangen und hatten den Informationsstand im Stadtzentrum betreut. Eine sinnvolle Tätigkeit, wie ihnen schien, die Menschen darüber aufzuklären, was mit dem Wald los war.

„Was glaubst du?" fragte Gaby die Schwester, kaum

daß sie Daniela allein erwischte. „Haben die ‚Marder'
den Hochsitz angesägt?"

Daniela lächelte gequält. „Woher soll ich das
wissen?"

„Vielleicht war es ja nur einer, der das Flugblatt
gelesen hat", versuchte Gaby sich zu trösten.

Damit kam sie bei Daniela schlecht an. „Das wäre
schlimm genug. Wir haben sie schließlich verteilt. Irgendwie sind wir dann mit schuld."

Da hatte die Schwester natürlich recht. Gaby knetete
ihre Finger, bis es weh tat. Es war einfach fürchterlich,
daran zu denken, daß ein siebenjähriges Mädchen möglicherweise durch ihre Mithilfe verletzt worden war.

„Wir müssen es unbedingt herauskriegen", sagte sie.

Davon versprach sich Daniela nicht allzuviel. Wie oft
hatte sie den ‚Mardern' gegenüber eine Äußerung gemacht. Immer war die Reaktion dieselbe gewesen.
Lachen, abwiegeln, weder die Sprühaktion noch die
Flugblätter schienen einen der anderen bedenklich zu
stimmen. Zum Schluß hieß es immer: Man merkt, daß
ihr noch neu in der Gruppe seid.

„Wenn die ‚Marder' wirklich dafür verantwortlich
sind, werden sie schweigen wie ein Grab." Das war
Danielas Überzeugung. „Detektivspielen hat da nicht
viel Zweck. Das bekommt die Polizei schneller raus."

Zweifelnd sah Gaby sie an. „Aber irgend etwas
müssen wir doch tun."

„Ich glaube, wir können nichts anderes als abwarten",
meinte Daniela.

Gerade das war das allerschwerste. In den nächsten Tagen überflogen sie morgens vor der Schule die Zeitung, um festzustellen, ob sich im Fall der kleinen Eva Preimann etwas Neues ergeben hatte. Da wurde von den Fortschritten berichtet, die ihre Gesundheit machte, und von Ergebnissen, die die Polizei erzielte. Viel war das nicht.

Auch in der Schule wurde ausgiebig über den Vorfall gesprochen. Manch ein Lehrer nahm ihn zum Anlaß, in seinem Unterricht darüber zu diskutieren. Die beiden Schwestern erkannten, daß nicht jeder derartige Mittel so eindeutig verurteilte wie ihr Vater. Herr Schmidt, Danielas Deutschlehrer, ließ durchblicken, daß er das Engagement, das dahinterstecke, befürworte.

Als Daniela davon zu Hause beim Mittagessen erzählte, meinte Peggy: „Wundern tut mich das bei dem nicht. Er hat auch schon bei einer Demonstration Straßenbahnschienen blockiert. Da ging es darum, daß unsere Stadt eine atomwaffenfreie Zone werden sollte. Mit einigen anderen Leuten hat er sich einfach auf die Straße gelegt."

Maria, die mit großen Augen zugehört hatte, nickte. „Die Schliemann findet das auch gut. Sie konnte heute überhaupt kein Ende finden. Sie sagt, Jagen ist eine große Gemeinheit den Tieren gegenüber und man müsse es den Jägern mal so richtig zeigen und sowieso alle Hochsitze abreißen."

„Was hat denn das mit Englisch zu tun?" erkundigte sich Corinna.

„Ach, Mam." Maria zuckte die Achseln. „Das sind die besten Stunden. Sie redet und redet, und wir machen einfach was anderes."

Peggy schob der Mutter ihren Teller hin. „Bitte, kann ich noch zwei oder drei Gnocchi haben?"

Während Corinna ihr aufgab, grinste sie. „Ich weiß noch einen Grund, warum ihr das mögt. Nach so einer Stunde gibt es nie Hausaufgaben."

Ziemlich still und in sich gekehrt, hatte Gaby bisher am Tisch gesessen. Den Gnocchi, sonst eines ihrer Lieblingsessen, konnte sie heute nichts abgewinnen. Sie stocherte mehr in ihnen herum, als daß sie aß.

„Notfalls esse ich deine auch noch." Peggy tunkte ein Stück von ihren Gnocchi in die flüssige Butter mit Salbei. „Was ist los mit dir, Gaby?"

Es war schwer, das in Worte zu fassen, was sie bedrückte. Gaby zerdrückte ein weiteres Kartoffelbällchen auf ihrem Teller, ohne es zu essen.

„Ich finde das alles furchtbar schwer", stieß sie hervor. „Der eine denkt so darüber, der andere so. Du, Paps, sagst, das Ansägen von Hochsitzen ist ein schlechtes Mittel, um gegen Jäger vorzugehen. Andere sehen das wieder ganz anders. Wie weit darf man denn gehen, und wo ist die Grenze überschritten?"

Was ihre Älteste da beschäftigte, war wirklich eine schwierige Situation für einen jungen Menschen. Corinna und Hanno Waldmann sahen sich an. Aber auch für Eltern, die nicht dauernd vermeintliche Patentlösungen zur Hand hatten.

Sanft meinte Corinna: „Gaby, schwierig ist dabei wirklich, daß jeder für sich eine Antwort finden muß. Du kannst nicht einfach eine übernehmen, sondern mußt abwägen."

Jetzt hatte Gaby beinahe Tränen in den Augen. „Aber es ist doch schlimm, wenn ein kleines Mädchen sich beide Beine bricht. Wieso sagt die Schliemann dann..., und das hat sich doch, Maria?"

Maria nickte. „Ja, das mit dieser Eva hätten die Tierbefreier nicht beabsichtigt."

Jetzt schaltete sich Hanno ein. Er hatte das Gefühl, daß das Gespräch in eine Richtung lief, die in einer Sackgasse endete.

„Überlegt euch einmal etwas anderes", sagte er. „Ist der Fall Eva Preimann nur tragisch, weil sie eine Unbeteiligte ist? Eine Siebenjährige jagt nicht, und zu den Tierschützern gehört sie ebenfalls nicht."

„Ja, sie hat gar nichts damit zu tun", stellte Peggy fest. „Das ist richtig gemein."

Hanno lächelte über ihren Eifer. „Wäre dir ein Jäger mit zwei gebrochenen Beinen lieber gewesen?"

„Nein, natürlich nicht", fuhr Peggy empört auf. Dann runzelte sie die Stirn. Sie war sichtlich verwirrt.

Es war Daniela, die der Schwester beisprang. „Ich weiß, was du meinst, Paps. Du glaubst, es geht gar nicht darum, daß ein Kind verletzt worden ist..."

„... sondern, daß überhaupt jemand verletzt worden ist", ergänzte Maria.

„Ja. Genau das ist der Punkt." Hanno brachte die

Teller in die Küche und holte das Tablett mit dem Nachtisch. Während er die Schüsselchen verteilte, sagte er: „Übrigens könnt ihr euch morgen nachmittag ja mit Bernd Schäfer darüber unterhalten."

„Der war aber lange nicht hier." Peggy kratzte mit dem Löffel an dem grünen Kloß in ihrem Schüsselchen herum. „Sag mal, Mam, was ist das?"

„Eis, das siehst du doch."

„Aber die Farbe!"

Corinna lachte. „Kiwi-Eis, meine neueste Erfindung."

Peggys Feststellung, daß der Freund des Vaters lange nicht in Buchenloh gewesen sei, gab Daniela und Gaby zu denken. Sie vermuteten, daß mit der Einladung eine bestimmte Absicht verbunden war.

Daniela wurde geradezu mißtrauisch. So also hatte der Vater sich die Sache gedacht. Er glaubte, eine Unterhaltung mit einem Jäger könnte sie dazu bringen, ihre Meinung übers Jagen zu ändern. Da irrte er sich jedoch. Sie war ein ‚Marder' und wollte es auch bleiben.

„Was will denn Bernd Schäfer hier?" fragte sie.

Richtig, ein bißchen verlegen schaute Hanno sie an. Er sah aus wie ein Schuljunge, der einen Streich ausgeheckt hat. „Wir wollen meine neueste Erfindung ausprobieren."

Was konnte das sein? Daniela überlegte. Bisher war sie über alles, woran der Vater arbeitete, informiert gewesen. Da sie sehr viel technisches Verständnis zeigte, hatte er oft mit ihr diskutiert und überlegt, wie man eine Sache anfaßte und entwickelte.

Jetzt wußte sie nicht, wovon er sprach. Sie hatte überhaupt keine Ahnung, daß er sich etwas Neues ausgedacht hatte. Das gab ihr einen Stich. Sicher, sie hatte sich in den letzten Wochen wenig darum gekümmert. Sie war zu beschäftigt und jeden Tag bei den ‚Mardern' in der Stadt gewesen. Trotzdem fühlte sie sich zurückgesetzt.

Ihr gekränkter Blick entging Corinna im Gegensatz zu Hanno nicht. Sie spürte eine gewisse Erleichterung. So gleichgültig schien Daniela das nicht hinzunehmen. Es zählten wohl doch noch andere Dinge als Naturschutz. Das war eher beruhigend. Corinna blieb allen Dingen gegenüber, die mit zu großem Fanatismus betrieben wurden, skeptisch. Die Ausschließlichkeit, mit der sich Gaby und Dan dieser Naturschutzgruppe widmeten, war ihr nicht geheuer.

„Hoffentlich haben wir alle etwas davon, Hanno", sagte sie.

Mit beiden Händen fuhr sich ihr Mann durchs Haar. „Das hoffe ich sehr. Ihr müßtet vielleicht nur die Daumen drücken, daß morgen die Sonne scheint."

„Warum, Paps?" fragte Maria neugierig.

„Weil wir sonst nicht grillen können. Ich habe einen Grill gebaut, der mit Sonnenenergie betrieben werden soll."

Zweifelnd sah Peggy den Vater an. „Davon habe ich noch nie gehört. Und du glaubst, das klappt?"

„Bestimmt", versicherte Hanno, um gleich darauf

einzuschränken, „wenn die Sonne scheint."

„Da bin ich aber gespannt."

Das ging nicht nur Peggy so. Auch Maria und Corinna erwarteten den nächsten Tag ungeduldig. Die Idee, einen Grill zu bauen, für den man keine Holzkohle brauchte, und der damit entschieden umweltfreundlicher war, gefiel ihnen. Andererseits konnten sie sich nicht vorstellen, wie so etwas funktionieren sollte.

Selbst Gaby und Daniela wurden durch die Aussicht auf das Grillfest von ihren Problemen abgelenkt. Diese neue Erfindung des Vaters war eine gute Gelegenheit, sich mit etwas anderem zu beschäftigen und die Gedanken an Eva Preimann und das Flugblatt der ‚Marder' beiseite zu schieben.

Aufgeregt und gespannt kamen sie aus der Schule. Während der Busfahrt hatte Daniela den technisch weniger versierten Schwestern auseinandergesetzt, wie der Vater das Gerät gebaut haben könnte. Sie diskutierten noch, als sie in den Flur traten.

„Ähnlich wie eine Windmühle, sag' ich dir", meinte Daniela.

„Damit kannst du einen Spieß drehen, das kann ich mir nicht vorstellen", entgegnete Gaby. „Doch Paps hat gesagt, er braucht keine Holzkohle."

Die Schwester antwortete nicht darauf. Im ersten Moment glaubte Gaby, sie endlich überzeugt zu haben. Doch dann sah sie, daß etwas anderes Daniela die Sprache verschlagen hatte. Auf der Kommode lag ein Brief.

„Für wen ist der?" Rigoros drängte Gaby sich an Peggy und Maria vorbei.

Die deutsche Briefmarke ließ sie eine Sekunde lang hoffen. Doch die Schrift war nicht die, die sie unter Tausenden herausgefunden hätte. Gaby nahm den Umschlag hoch, ließ ihn wieder fallen, als hätte sie sich die Finger daran verbrannt.

„Für dich, Dan."

Jetzt kam Leben in Daniela. Sie riß den Brief an sich und drückte ihn gegen die Brust. Ihre Wangen färbten sich.

„Ich gehe gleich…, den will…, den lese ich oben", stotterte sie. Wie ein Blitz war sie zur Tür hinaus.

In aller Gemütsruhe lud sich Maria die Schultasche auf, die die Schwester vergessen hatte. Sie grinste. „Jetzt dürft ihr mal raten, von wem der Brief ist."

„Von Norman." Gaby bemerkte nicht, daß Maria einen Spaß machen wollte. Sie seufzte. „Dan hat's gut."

In Peggys dunklen Augen blitzte es. Sie wußte nur zu gut, was dieser tiefe Seufzer und die melancholischen Blicke bedeuteten. Wie Dan auf Briefe von Norman, wartete Gaby auf welche von Ralf. Die Jungen schrieben leider nicht so oft, wie beide Mädchen es sich wünschten. Von Buchenloh gingen mehr Briefe ab als ankamen. Besonders Ralf, der jetzt in Süddeutschland Tiermedizin studierte, schien sehr beschäftigt. Arme Gaby!

Plötzlich mußte Peggy lachen. Ich selbst könnte auch mal wieder einen Brief von Per gebrauchen, dachte sie. Als Abwechslung wäre das nett. Im gleichen Moment fiel ihr ein, daß sie noch einen Brief beantworten mußte, den Per ihr vor drei Wochen geschickt hatte. Na, das wurde ja höchste Zeit.

Sinnend sah sie der großen Schwester nach, die mit hängenden Schultern über den Hof ging.

„Hast du nicht auch das Gefühl, daß die Liebe die beiden zu sehr mitnimmt?" fragte sie Maria. „Mit denen ist wirklich gar nichts mehr anzufangen. Dauernd trübsinnig, in Gedanken weit weg, und wenn du mal 'nen Witz machst, schauen sie dich so traurig wie ein Basset an, und du denkst, du mußt dich dafür entschuldigen."

Damit sprach Peggy der kleinen Schwester aus dem Herzen. Seit sie wieder zu Hause war, hatte es mit Daniela, mit der sie das Zimmer teilte, weder eine fröhliche Rangelei noch eine herzlich-heftige Diskussion gegeben. Sogar die abendliche Kissenschlacht schien früheren Zeiten anzugehören.

„Ja", bestätigte Maria, „irgend etwas stimmt da nicht. Trotzdem..."

„Was?" fragte Peggy, als sie sah, daß Maria bedenklich den Kopf hin und her wiegte. Manchmal entwickelte gerade das jüngste der vier Geschwister ein besonderes Gespür dafür, wenn einer in der Familie Kummer hatte. Oft hatte sich das als hilfreich erwiesen.

„Nun sag schon", drängte sie.

„Ich glaube, das mit den Briefen kommt nur dazu", erklärte Maria. „Es muß etwas anderes sein. Gaby und Dan stecken so oft die Köpfe zusammen. Wenn du dann dazukommst, tun sie auf einmal ganz harmlos. Und weißt du, was? Ich könnte wetten, das hat was mit dieser Gruppe zu tun, diesen ‚Mardern'."

Das konnte Peggy sich nicht vorstellen. „Wieso? Ist doch eine gute Sache, so eine Naturschutzgruppe. Ich habe mir schon überlegt, ob ich da nicht auch mitmache."

„Für mich kommt das nicht in Frage." Maria schüttelte den Kopf.

Weshalb sie in dieser Sache so entschieden war, verriet sie Peggy nicht. Eifersucht war der Grund. Insgeheim grollte Maria diesen ‚Mardern', die ihr, wie sie fand, die Schwestern wegnahmen. Gaby und Dan waren dauernd unterwegs, hatten kaum Zeit zu Gesprächen oder Plänkeleien.

Was das allerschlimmste war: Nicht einmal kurz vorm Einschlafen schien Daniela bereit zu sein, der Jüngeren zuzuhören. Dabei gab es etwas, was Maria nicht aus dem Sinn ging.

Viel hatten Peggy und sie den Daheimgebliebenen schon vom Zirkus und seinen Artisten erzählt. Über einen war kaum gesprochen worden: über den Clown Toto. Aus einer Scheu heraus, die sie sich selbst nicht erklären konnte, hatte Maria nur kurz seinen Namen erwähnt. Darüber, daß sie sich zu ihm besonders hingezogen fühlte, hatte sie kein Wort verloren. Aus geschwisterlicher Solidarität war auch Peggy verschwiegen. Weder von seiner Nummer noch von der Rose, die die kleine Schwester ihm zum Abschied geschenkt hatte, war etwas über ihre Lippen gekommen.

Oft, wenn Maria abends im Bett lag, sah sie den

Sternenvorhang vor sich, hörte die Musik, die Totos Auftritt ankündigte. Still war es dann im Zuschauerraum. Die klagenden Töne der Flöte erklangen, daß ihr ganz sehnsüchtig ums Herz wurde. Dann kam der Clown, angestrahlt vom Scheinwerferlicht, das sein weißes Gewand noch heller aussehen ließ. Traurig schauten seine schwarzen Sternenaugen, die so gut zu dem Vorhang paßten, sie an.

Und eigentlich konnte sie erst wieder fröhlich werden, wenn die rot und grün oder gelb schillernden Seifenblasen in die Zirkuskuppel hinaufstiegen. Ein Seufzer brachte Maria dann in die Gegenwart zurück. Richtig, sie lag in ihrem Bett. Nebenan schlief die Schwester längst.

Schon schweiften ihre Gedanken wieder ab. Toto hatte sie angesehen, als wollte er ihr Innerstes ergründen. Dann hatte er sie gefragt, ob sie mitfahren wolle, durch die ganze Welt. Anders als damals, als es um Sizilien ging, hatte sie sofort die Antwort gewußt: Nein, das wollte sie nicht. Sie gehörte nach Buchenloh.

Trotzdem fühlte sie jetzt, in der Erinnerung daran, ein leises Bedauern. So, als müsse ihr die Antwort, die sie Toto gegeben hatte, leid tun. Ach, sie wußte es selbst nicht so genau. Gerade deswegen hätte sie gern mit Dan darüber gesprochen. Doch die Schwester hatte zur Zeit nichts außer den ‚Mardern' im Kopf. Und Maria konnte sich nicht vorstellen, daß die Mitglieder dieser Gruppe das wert waren. Nein, mit denen wollte sie nichts zu tun haben.

„Ich möchte wirklich endlich wissen, was Gaby und Dan haben", sagte Maria zu Peggy. „Du mußt mal drauf achten, die werden richtig blaß, wenn wir auf diese Eva Preimann zu sprechen kommen."

Nachdenklich senkte Peggy den dunklen Kopf. Verkehrt war das nicht, was Maria da gesagt hatte. Auch ihr war aufgefallen, daß dieser Unglücksfall am Hochsitz die beiden Schwestern sehr beschäftigte.

Plötzlich kam ihr ein Gedanke, der sie zusammenfahren ließ. In einer trauten abendlichen Stunde hatte Gaby ihr von der Sprühaktion erzählt, die Dan und sie mitgemacht hatten. In allen Einzelheiten hatte sie Peggy beschrieben, wie das Jagdhaus hinterher ausgesehen hatte, von roter Farbe völlig beschmiert. Konnte es sein, daß die Schwestern sich noch an anderen Aktionen beteiligt hatten?

„He, Peggy, was ist los?" Maria stieß sie an. „Du siehst aus, als hättest du ein Gespenst gesehen."

„Nichts." Peggy fuhr sich mit der Hand über die Augen. „Es ist nur: Glaubst du, sie waren mit dabei, als der Hochsitz angesägt worden ist?"

Eine Entscheidung bahnt sich an

Mit brennenden Wangen und klopfendem Herzen war Daniela die Treppe hochgelaufen. Den kostbaren Brief noch immer an die Brust gepreßt, suchte sie den einzigen Platz auf, wo sie ganz ungestört sein konnte. Ihren Schlupfwinkel auf dem Boden.

Dieser Raum mit der winzigen Dachluke hatte schon manche Träne, aber auch Wutanfälle und Zornesausbrüche erlebt. Hierhin zog sich Daniela zurück, wenn sie ihre Tage bekam, Bauchschmerzen hatte und mit dem Schicksal haderte, daß sie ein Mädchen war.

Doch auf der Matratze, die dicht unter dem Fenster lag, konnte man genausogut träumen. Griffbereit lagen in einem Versteck Papier und Bleistift bereit. Einige gelungene Gedichte hatte Daniela hier schon geschrieben.

Jetzt aber saß sie da und starrte auf den Brief. Normans Schrift, jungenhaft ungelenke Züge, schienen ihr die schönste Handschrift überhaupt zu sein. Immer wieder strich sie darüber, betrachtete jeden Buchstaben einzeln. Niemand konnte ihren Namen so schön schreiben wie Norman.

Voller Ungeduld hätte sie den Umschlag am liebsten aufgerissen. Doch um den heißersehnten Augenblick noch etwas hinauszuzögern, wartete sie noch ein wenig. Hochrot bis an die Ohrläppchen, drückte sie ihre Lippen auf den Absender.

Dann schlitzte sie den Umschlag mit dem Taschenmesser auf, sorgfältig und langsam, damit sie das Blatt darin nicht beschädigte. Normans Brief war zwei Seiten lang. Daniela drehte und wendete ihn, strich ihn glatt. Bäuchlings auf der Matratze liegend, begann sie zu lesen.

Jedes Wort vermischte sich mit Erinnerungen. Für die Länge des Briefes war Norman wieder hier in

Buchenloh, mit seinem Motorrad und seiner Gitarre. Daniela meinte, seine Stimme zu hören, als sie ihr Lied sang: „Was er von mir denkt, das frag' ich euch, Sterne..." Ihr Herz klopfte.

Eine Stelle in seinem Brief beruhigte sie besonders. Sachlich ging Norman da auf den angesägten Hochsitz ein, von dem sie ihm geschrieben hatte. Er befürwortete weder die Sprühaktion noch Flugblätter, die von den ‚Mardern' verteilt worden waren. Man müsse andere Wege finden, der Natur zu helfen und die Leute zu überzeugen. Dann berichtete er von einer Gruppe, die er kannte. Sie bauten Nistkästen, säuberten den Wald einmal vierteljährlich und legten Feuchtbiotope an.

„Ehrlich gesagt, so etwas wäre mir lieber. Dann brauchte man sich wenigstens nie Gedanken zu machen, ob man nicht doch indirekt zu irgendwelchen Gewalttaten beigetragen hat. Überleg dir das mal."

Daniela faltete den Brief zusammen. Sie würde sich die Sache überlegen und dann mit Gaby darüber sprechen. Sie würde sich nachmittags mit Bernd Schäfer unterhalten und seinen Argumenten gut zuhören. Gut gewappnet, konnte sie dann die Entscheidung fällen. Inzwischen war ihr klar, um welche Frage es ging: Wollte sie Mitglied bei den ‚Mardern' bleiben oder nicht?

Noch einmal las sie sich den letzten Absatz des Briefes durch, dann faltete sie das Blatt wieder, steckte es in den Umschlag zurück und schob ihn hinten in die Hosentasche. Hochrot im Gesicht, doch mit strahlenden Augen erschien sie zum Mittagessen.

Hannos Freund Bernd Schäfer war ein großer Mann mit freundlichen braunen Augen. Ruhig und bedächtig in seiner Art, war er vor allem ein guter Zuhörer. Als die vier ihn bestürmten, er sollte ihnen sagen, was er von dem angesägten Hochsitz halte, kratzte er sich hilflos am Nacken.

„Mädchen, Mädchen, nun mal langsam. Zwischendurch muß ich doch Luft holen."

„Du holst schon ziemlich lange Luft", erwiderte Maria keck.

„Es ist ja auch gar nicht einfach, was ihr da von mir wollt." Bernd Schäfer legte seine Hände auf den Gartentisch.

Sie saßen hinter dem Haus im Garten, da, wo Corinnas Bauernblumenbeet in die Wiese überging. Insekten tummelten sich über Wiesenglockenblumen und Weißklee. Über die Weide ging ein sanfter Sommerwind, und die Blätter rauschten leise. Es duftete nach Heu und frischem Brot, und ein tiefblauer Himmel wölbte sich über ihnen.

Ein Sommertag wie aus dem Bilderbuch, dachte Corinna, die sich noch am Brotbackofen zu schaffen machte. Sie war neugierig, wie sich Bernd Schäfer aus der Affäre ziehen würde.

„Wenn ich euch recht verstehe, geht es nicht darum, was ich von einem Hochsitz halte, den jemand angesägt hat. Darüber sind wir uns doch einig, daß das eine scheußliche Sache ist. Das Kind hätte tot sein können. Oder auch der Jäger, der ihn benutzt hätte."

Gaby nickte. „Du hast recht."

„Eben", sagte Bernd Schäfer. „Was ihr von mir wissen wollt, ist doch, warum ich Jäger bin, in den Wald gehe und Rehe oder Hasen schieße, stimmt's?"

„Ja." Daniela blickte auf seine Hände, sicher das Auffallendste an diesem Freund ihres Vaters. Groß waren sie und unglaublich breit bis ins Handgelenk, dafür aber äußerst geschickt. Sie erinnerte sich, daß Bernd Schäfer ihr einmal gezeigt hatte, wie man ein Gewehr auseinandernimmt. Schnell und doch sehr behutsam war das vor sich gegangen.

„Nun, ihr wißt, daß wir heute keinen Urwald mehr haben wie früher. Durch seinen Holzbedarf hat der Mensch sehr stark in die Natur eingegriffen und dadurch das ökologische Gleichgewicht gestört. Das bezieht sich nicht nur auf die Pflanzen, Bäume zum Beispiel, sondern auch auf die Tiere. Viele Tiere haben keine natürlichen Feinde mehr, weil Wolf und Bär, Luchs und Wildkatzen längst verschwunden sind. Nehmt die Rehe!"

„Könnte man denn nicht wieder Luchse und Wildkatzen in den Wäldern aussetzen?" fragte Gaby. Das war ein Argument, das sie bei den ‚Mardern' gehört hatte.

Bernd Schäfer lächelte. „Ja, Gaby, ich weiß, daß einige davon träumen. Nur fürchte ich, es wird ein Traum bleiben. Diese für den Menschen harmlosen Tiere reichen vermutlich nicht aus. Wenn du einen Urwald im ursprünglichen Sinne möchtest, mußt du dich für größere Raubtiere entscheiden. Damit verliert aber der Wald manche für den Menschen wichtige Funktion."

„Wölfe und Bären, ich danke bestens." Maria blickte die Schwester entsetzt an. „Ich würde dann nicht mehr im Wald spazierengehen. Das würde keiner."

„Geht es denn nicht ohne das?" fragte Peggy.

Nun schüttelte Bernd Schäfer den Kopf. „Wenn wir keine Raubtiere wollen, geht es wohl weder ohne den Förster noch ohne den Jäger. Was glaubt ihr, welchen Schaden Rehe und Hirsche, wenn sie überhandnehmen, dem Wald zufügen? Es kommt zu Fegeschäden durch die Geweihe und vor allem zu Verbißschäden. Der Wald würde im wahrsten Sinne des Wortes aufgefressen."

„Ich habe gelesen", mischte Hanno sich ins Gespräch, „daß man zumindest eine Fläche von 5000 Hektar und einen Zeitraum von 200 Jahren braucht, um auch nur einen natürlichen Buchenwald wieder entstehen zu lassen."

Daniela riß die grünen Augen auf. Zweihundert Jahre, das war eine unwahrscheinlich lange Zeit. Sie stellte Berechnungen an, wie viele Generationen das dauerte.

Im Rechnen war Maria schneller. „Ostrega, da bin ich ja längst Urgroßmutter."

„Selbst dann müßtest du eine sein, die über zweihundert geworden ist." Peggy lachte die kleine Schwester aus. Gleich darauf wurde sie wieder ernst. „Ich sehe schon, man kann's drehen und wenden, wie man will: Dadurch, daß der Mensch das Holz braucht und die frische Luft und die Wanderwege, muß er bei den Tieren auch eingreifen und dafür sorgen, daß von einer Art nicht zu viele heranwachsen."

Damit schien ihr die Diskussion beendet. Das Brot, das Corinna aus dem Ofen genommen hatte, duftete so gut, daß Peggy das Wasser im Mund zusammenlief. Es sollte schließlich gegrillt werden. Warum holte Paps nicht endlich den Apparat, den er gebaut hatte?

Peggy wandte sich an Gaby. Bei ihr fand man, wenn es ums Essen ging, am meisten Verständnis. „Findest du nicht, daß das Brot geradezu köstlich duftet? Ich glaube, wir sollten langsam anfangen."

Doch Gaby war mit ihren Gedanken weit weg. Wie schon einmal fühlte sie sich hin und her gerissen. Die Argumente, die Bernd Schäfer vorbrachte, schienen ihr durchaus einsichtig. Aber wenn er recht hatte, machte die Gruppe etwas falsch.

Das Blöde war bloß, daß ihr bei den Versammlungen bisher alles, was die ‚Marder' vorbrachten, genauso einleuchtend gewesen war. Schrecklich war's, wenn die Tiere getötet wurden. Einer natürlichen Auslese durch Raubtiere hätte sie auf jeden Fall den Vorzug gegeben.

War das nun richtig? Wenn das stimmte, was der Freund von Paps sagte, hatten Dan und sie zu Unrecht das Jagdhaus besprüht. Zumal das sowieso schlecht war, einmal wegen des Ozonlochs und zum anderen, weil sie damit das Eigentum eines Jägers beschädigt hatten. Gaby stöhnte.

Doch nicht nur das. Man durfte dann keine Flugblätter verteilen, schon gar nicht, wenn in denen fragwürdige Parolen standen. *Wer hoch sitzt, soll tief fallen* – einer hatte das wörtlich genommen. Ich will die Wahrheit wissen, nahm Gaby sich vor, ich werde Manfred, den Rudelführer, fragen. Mal hören, was Dan dazu sagt.

Zunächst kam Gaby jedoch nicht dazu, die Schwester daraufhin anzusprechen. Denn Hanno holte seine neueste Erfindung, den Grill, der mit Sonnenenergie betrieben werden konnte.

Der Apparat bot einen so ungewohnten Anblick, daß selbst Daniela lachen mußte. Gleichzeitig wurde ihr klar, daß das Ding funktionieren konnte: Der Vater hatte die Sonnenkollektoren ähnlich wie bei einem Hohlspiegel angeordnet.

Dagegen blieben Maria und Peggy skeptisch. Sie liefen um den Grill herum und verfolgten mit gespannter Miene die Diskussion, die sich zwischen Hanno und seinem Freund entspann. Es ging darum, in welchem Winkel zur Sonne das Gerät ausgerichtet werden sollte.

„Also, wenn das klappt, freß' ich einen Besen", behauptete Maria.

„Guten Appetit", konterte Peggy. Sie warf einen Blick auf den Tisch, wo sich auf einem Teller die Lammkoteletts stapelten. „Mir sind die da lieber."

Aus der Hocke beobachtete Daniela die Vorbereitungen. Sie beruhigte die Schwestern: „Keine Bange, das klappt schon."

Dann blickte sie hoch zur Sonne und wieder zum Grill. „Ich glaube, jetzt habt ihr's, Paps. Willst du jetzt ein

Kotelett?"

Mit Spannung warteten sie, bis das erste Fleisch gar war. Die Unterhaltung drehte sich um eine Kunstausstellung, die demnächst in der Stadt zu sehen sein würde. Während Corinna und Hanno ganz bei der Sache waren, warfen die vier ab und zu einen Blick auf den Grill. Maria aber sprang immer wieder auf, um das Fleisch aus der Nähe zu begutachten.

Schnuppernd wie ein Hase, beugte sie sich über das Gerät. „Es duftet schon ein bißchen. Das beruhigt mich."

In gespielter Entrüstung zog Hanno die Augenbrauen hoch. „Willst du damit sagen, du hast mir und meinen technischen Fähigkeiten nicht getraut, Spatz?"

„Na ja." Marias dunkle Augen gingen zwischen den Steaks und dem Vater hin und her. Im nächsten Moment umarmte sie ihn heftig. Das Gesicht an seinem Hals vergraben, murmelte sie: „Man kann ja nie wissen."

Sie richtete sich auf und schüttelte die schwarzen Locken zurück. Hanno drohte ihr mit dem Finger.

Voll Interesse beobachtete Daniela, wie der Spieß sich drehte und das Fleisch langsam braun wurde. Kleine Fettropfen fielen auf den Boden.

„Ehrlich gesagt, richtig vorstellen konnte ich es mir vorher nicht. Doch es klappt prima, Paps."

Stolz auf sein Werk, stellte Hanno fest: „Es hat den Vorteil, daß die Umwelt geschont wird. Außerdem verbrennt das Fett nicht, wie oft bei der Holzkohle. Das ist viel gesünder."

„Mal sehen, ob es schmeckt." Corinna fing an, die

Teller zu verteilen.

Da hatte sie auf einmal viele hilfreiche Geister. Gaby holte die Salatschüssel, Peggy brachte das Tablett mit den selbstgemachten Soßen. Währenddessen schnitt Daniela das Brot. Nur Maria konnte sich von dem Grill nicht losreißen. Die Augen auf das Fleisch gerichtet, legte sie Messer und Gabeln neben die Teller.

„Was machst du denn für ein Durcheinander?" fragte Daniela.

„Wieso?" Maria hockte sich neben Hannos Erfindung, um das, was sich da tat, aus der Nähe zu betrachten.

„Paps hat zwei Gabeln, aber kein Messer. Gaby dafür nur ein Messer, aber keine Gabel und..."

Ohne sich zu rühren, meinte Maria: „Maledetto, kannst du das nicht eben richtig hinlegen?"

Über Danielas Gesicht flog ein spitzbübisches Lächeln. „Ich weiß nicht, ob ich das tun sollte. Eins finde ich daran nämlich ganz gut."

„Was?" Mißtrauisch geworden, schaute die kleine Schwester hoch.

„Du kannst nämlich gar nichts essen, denn du hast überhaupt kein Besteck."

„Prima", freute sich Peggy, „dann kriegen wir alle mehr."

Damit war Maria nicht einverstanden. Flink wie ein Wiesel kam sie herbei. Sie nahm alle Messer und Gabeln noch einmal hoch und verteilte sie, wie es sich gehörte.

Der von Hanno gebaute Grill leistete gute Arbeit. Die Lammkoteletts waren zart und schmeckten zu dem ofenfrischen Brot und dem Salat köstlich.

„Ich mag am liebsten Mojo dazu." Peggy ließ Tropfen für Tropfen vom Löffel auf ihr Fleisch fallen.

Mojo war eine scharfe Soße aus Ei, Öl und viel Knoblauch, die Corinna nur zu Fleisch reichte. Sie fand, daß es dadurch bekömmlicher wurde. Zufrieden stellte sie auch an diesem Tag fest, daß diese Soße bei ihren Töchtern Anklang fand. Nur die jüngste nahm vorsichtig davon.

„Mamma mia, ist die scharf." Maria verdrehte die Augen.

„Babyzunge", spottete Daniela. Sie fuchtelte mit der Gabel. „Du hast eben eine richtige Babyzunge."

„Scharf wird's durch den Knoblauch." Genüßlich leckte Gaby ihren Knochen ab. „Dazu muß man reif und erfahren sein."

Sie wirkte viel aufgeschlossener als am Morgen. Der in sich gekehrte Blick war verschwunden. Munter beteiligte sie sich an der Unterhaltung.

Im stillen amüsierte Corinna sich. Das macht das Essen, stellte sie fest. Ausgerechnet das ist Gabys größte Schwäche. Bei ihrem Babyspeck täte es ihr gut, wenn sie etwas weniger...

„Wer will die beiden letzten?" Hanno hielt die Lammkoteletts hoch.

„Ich."

Gabys Augen leuchteten begehrlich auf. Ungeachtet der erstaunten schwesterlichen Blicke. Nachdem sie einmal den Entschluß gefaßt hatte, sich wegen der

Flugblätter Gewißheit zu verschaffen, fühlte sie sich wie befreit.

Als Hanno ihr die Fleischstücke auf den Teller legte, zog sie sich die Soßenschüssel heran.

„Mann", staunte Daniela, „du haust aber rein. Als ob du tagelang gehungert hättest!"

So war es auch. Gaby schaute gekränkt hoch. Jedenfalls beinahe. Die Sache mit dem Hochsitz war ihr auf den Magen geschlagen. Jetzt mußte sie das nachholen.

Da bekam sie von unerwarteter Seite Unterstützung. Bernd Schäfer nahm sich noch Salat. „Gaby, dir zur Gesellschaft esse ich noch ein bißchen davon. Wir beide sind eben Gourmets."

„Gourmets?" wiederholte Maria das unbekannte Wort.

„Feinschmecker." Bernd Schäfer lächelte Gaby zu. „So etwas bekomme ich als Junggeselle viel zu selten."

Der Sommerabend hielt sie noch eine ganze Zeit draußen im Garten. Während die Eltern mit Bernd Schäfer noch ein Glas Wein tranken, lagerten sich Maria und Peggy am Fuß der Weide. Daniela zog sich mit schnellem Griff auf den untersten Ast und ließ die Beine baumeln. Dann half sie Gaby neben sich.

Nach einem Blick auf ihre Armbanduhr sagte Maria: „Jetzt läuft gerade die Abendvorstellung."

Damit gab sie Peggy das Stichwort. Sie beschrieb ausführlich, wie sie mit dem Hochlandrind Wendy in die Manege eingezogen war. „Ihr glaubt gar nicht, was ich für ein Lampenfieber hatte."

„Beim Zirkus wart ihr?" staunte Bernd Schäfer. „Das muß toll sein. Alle sind wie eine große Familie..."

„Von wegen", unterbrach Peggy ihn. „Das haben wir zuerst auch gedacht. Aber es stimmt überhaupt nicht. Die bekämpfen sich fast untereinander. Nie würden sich die Artisten mit den Handlangern – das sind die Tierpfleger und die Männer, die beim Aufbau helfen – abgeben. Die sind wie eine Klasse für sich."

Das konnte Maria bestätigen. „Es waren zwei Lager, die einen schimpften auf die anderen. Geholfen haben sie sich nie und nie sind sie zusammengesessen."

„Es ist sicher schwer für den Direktor, so unterschiedliche Menschen unter einen Hut zu bringen", vermutete Corinna. „Ihr habt ja erzählt, wie viele Nationen da zusammenkamen."

Über sich auf dem Ast hörte Peggy die beiden Schwestern miteinander tuscheln. Es mußte um eine wichtige Sache gehen. Sie schienen sehr aufgeregt. Peggy lehnte ihren Kopf an den Stamm. Sie nahm sich vor herauszubringen, was Gaby und Dan hatten. Am besten noch an diesem Abend.

„Ach, weißt du", sagte Maria da, „soviel hat der Zirkusdirektor dazu nicht getan. Er hat die Handlanger anders behandelt als die Artisten, er hat sie ziemlich ausgenutzt. Und sogar von seinen Kindern mußten die sich viel gefallen lassen. Ich habe mal gesehen, wie Benno den Tierpfleger Paolo geärgert hat. Als der sauer wurde, hat er ihn einfach angespuckt. Meinst du, der Vater hätte was dazu gesagt?"

Nur Hanno bemerkte, daß Corinnas Gedanken ganz woanders waren. Er ahnte, daß das, was Maria erzählte, nicht zu den Kindheitsträumen seiner Frau von der Kunstreiterin im rosa Tüllkleid paßte.

„Womit uns die Wirklichkeit eingeholt hat." Er legte seine Hand auf Corinnas.

Dann wechselte er das Thema. „Wie wär's, Maria, wenn du uns noch einmal das hübsche italienische Lied vorsingst, ‚Santa Lucia', du weißt schon?"

Das ließ sich seine jüngste Tochter nicht zweimal sagen. Es war das Lied, das sie zu Corinnas Geburtstag zur Gitarre gesungen hatte. Mühelos sang sie mit ihrer hellen Mädchenstimme den dreistrophigen Text: „Sul mare luccica l'astro d'argento..."

Als die Schwester fertig war, staunte Peggy: „Daß du das alles behalten kannst."

„Sehr hübsch", lobte Bernd Schäfer, der während des Liedes mit dem Fuß den Takt getreten hatte. „Dazu müßte dich eigentlich eine Gitarre begleiten."

O weh, damit berührte er einen wunden Punkt! Eine Gitarre war genau das, was Maria sich wünschte. Darauf zu spielen hatte ihr Norman beigebracht. Marias Augen verdunkelten sich.

„Zu Mams Geburtstag hatte ich eine", sagte sie leise.

„Und wo ist sie jetzt?" Das Instrument war kaputtgegangen. Bernd Schäfer vermutete, daß Marias Kummer, den man ihr so deutlich ansah, daher rührte.

„Norman hat sie wieder mitgenommen." Der Vorwurf in Marias Stimme war deutlich zu hören.

Sofort nahm Daniela den Jungen in Schutz. „Es war doch seine."

Nachdem ihm der Zusammenhang klar war, schmunzelte Bernd Schäfer. Er stieß Hanno mit dem Ellbogen an. „Ich sehe schon, eine Gitarre muß her."

„Hör bloß auf", wehrte Corinna ab. Sie war nicht halb so entsetzt, wie sie tat. „Damit löchert sie uns schon die ganze Zeit."

Sie verständigte sich mit Hanno durch Blicke. Sie hatten längst beschlossen, daß dieser Wunsch Marias nicht unerfüllt bleiben sollte. Bis zum nächsten Geburtstag war es nicht mehr allzu weit.

„Vielleicht möchtest du ja jetzt lieber Flöte lernen."

Peggy sagte das ganz gedankenlos. Und wahrscheinlich wäre der Satz sogar an Corinnas Ohr vorbeigetönt, wenn nicht Marias Reaktion so auffällig gewesen wäre: Das selbst im Sommer blaßhäutige Mädchen lief rot an wie eine Tomate. Es schoß wütende Blicke in Peggys Richtung und ballte die Fäuste.

„Maledetto", knirschte Maria, als sie bemerkte, daß alle sie verwundert anstarrten.

Sofort sprang Hanno seiner kleinen Tochter bei.

„Ich denke, es wird Zeit, Schluß zu machen", sagte er.

Zu seiner Überraschung erhob keine seiner Töchter-Einspruch. Im Gegenteil, Gaby und Daniela verschwanden, wieder mit ihren Problemen beschäftigt. Peggy schien es ebenfalls eilig zu haben. Sie zog die kleine Schwester mit sich.

Oben auf der Treppe holten sie Gaby und Daniela ein.

Peggy baute sich vor ihnen auf. „So, und jetzt will ich endlich wissen, was mit euch los ist. Irgend etwas bedrückt euch. Vielleicht können Maria und ich euch helfen."

Unwillkürlich legte Gaby den Arm um Daniela und stellte sich dichter neben sie. Aber als sie in Peggys Gesicht blickte, das ganz unglücklich wirkte, und Marias Augen groß auf sich gerichtet sah, machte sie einen Schritt auf die Schwestern zu. Sie umarmten sich alle vier.

„Wir würden euch schrecklich gern alles sagen", sagte Gaby. „Dan und ich haben schon vorhin davon gesprochen."

Nachdem sie sich alles, was sie bedrückte, von der Seele geredet hatten, war es eine Weile still im Zimmer. Sie hockten auf ihren Plätzen, Gaby und Daniela auf Peggys Bett, Maria und Peggy auf Gabys. Jede hing ihren Gedanken nach.

Es war schließlich Maria, die das Schweigen brach. „Wißt ihr, was ich an eurer Stelle täte?"

Erwartungsvoll sahen die Schwestern sie an. Jeder Vorschlag war ihnen recht, solange sie nur das Gefühl hatten, endlich etwas tun zu können.

„Nun sag schon", drängte Gaby.

Auf einmal ihrer Sache nicht mehr sicher, sah Maria verlegen auf ihre Schuhspitzen. „Ich weiß nicht, vielleicht ist das doch nicht so gut."

Damit kam sie bei Daniela schlecht an. Ruckartig sprang sie vom Bett hoch.

„Warum läßt du uns das nicht entscheiden? Ich denke, ihr wolltet uns helfen? Da hast du eine Idee, und nun rückst du nicht raus damit!"

„Schon gut", beruhigte Maria die Schwester, „ich sag's ja: Ich dachte, ihr, Gaby und du, könntet vielleicht diese Eva Preimann mal im Krankenhaus besuchen. Als Wiedergutmachung sozusagen. Muß doch schrecklich langweilig sein, wenn man so lange im Bett liegen muß."

Daß sie nicht selbst auf diese Idee gekommen waren! Gaby schlug sich mit der Hand gegen die Stirn. Daran hätten Dan und sie zu allererst denken müssen.

„Du, Maria, das ist wirklich gut, daß du uns darauf bringst", sagte sie.

Sie stand auf und kramte einen Moment in ihren Schulsachen. Dann brachte sie verschämt das Zeitungsfoto von der kleinen Eva Preimann an. Sie zeigte es den anderen.

„Hier, das habe ich mir ausgeschnitten. Ihr glaubt gar nicht, wie oft ich mir das in den letzten Tagen schon angesehen habe. Wieder und wieder, es war zum Verrücktwerden. Aber auf die Idee mit dem Besuchen bin ich nicht gekommen."

Daniela griff nach dem Foto. Sie studierte es sorgfältig, obwohl auch sie es längst kannte. Es zeigte das siebenjährige Mädchen im Krankenhausbett, beide Beine eingegipst und wie auf einer Rutschbahn hoch gelegt. Strahlend schaute Eva in die Kamera; Schmerzen schien sie nicht zu haben. Aber das wollte nichts heißen. Trotzdem konnten die Stunden sich hinziehen, wenn man für lange Wochen nicht aufstehen durfte. Ja, dagegen konnten Gaby und sie etwas tun.

„Das machen wir sofort morgen", rief Daniela.

Nachdenklich zog Gaby die Stirn kraus. „Aber was sagen wir bloß? Wir können doch nicht..."

Ohne daß sie weitersprach, wußten Daniela und die beiden anderen Bescheid.

„Dazu fällt uns sicher noch was ein", behauptete Peggy durchaus zuversichtlich.

Damit hatte sie nicht unrecht. Sie überlegten, der eine oder andere machte Vorschläge, die diskutiert wurden. Einige davon verwarfen sie sofort, andere kamen in die engere Wahl. Endlich einigten sie sich auf den einfachsten.

„Doch, da gibt's nichts dran zu rütteln", meinte Gaby. „Das ist am glaubhaftesten. Wir sagen einfach, wir hätten von dem Unglück in der Zeitung gelesen und uns täte Eva einfach leid."

Obwohl sie nun eine Lösung gefunden hatten, dauerte es noch einige Zeit, bis die vier zur Ruhe kamen. Das Gespräch drehte sich immer um denselben Punkt: Das Jagen und die Jäger.

Es gibt immer einen Ausweg

Zum erstenmal nach langer Zeit konnten Gaby und Daniela ruhig schlafen. Das Gespräch mit den Schwestern hatte zwar nicht alle Sorgen beseitigt, sie aber doch erleichtert.

„Ganz ehrlich", hatte Peggy ihnen gesagt, „die Vorstellung, daß ihr daran mit schuld sein könntet, ist scheußlich. Allein der Gedanke daran macht mir Bauchschmerzen. Aber eigentlich gibt es jetzt nur eins: Ihr müßt mit Mam und Paps darüber sprechen."

Maria flocht sich gedankenvoll einen Zopf, dröselte ihn wieder auf und flocht ihn erneut.

„Also, ich finde ganz gut, daß du dich erst mal bei den ‚Mardern' erkundigen willst, Gaby. Das würde ich gleich morgen nachmittag tun. Dann kannst du hinterher mit Mam und Paps reden. Und je nachdem, was die ‚Marder' sagen..."

So war es beschlossene Sache, daß die beiden Schwestern sich zunächst bei der Gruppe erkundigten. Der Gedanke daran erleichterte nicht nur Gaby. Auch Daniela fühlte sich auf einmal, als hätte jemand eine schwere Last von ihr genommen. Ja, genau das mußte sie tun. Und wenn sie dann wußten, was passiert war, konnten sie den Eltern alles beichten.

Das war um so einfacher, weil Maria die gute Idee mit dem Besuch im Krankenhaus gehabt hatte. Mam würde es gefallen, daß sie sich einen Weg überlegt hatten, wie man Eva helfen konnte. Vielleicht würde sie dann die Sache mit dem Hochsitz etwas milder beurteilen.

Daniela reckte sich. Das war ein ganz schönes Programm, das sie da vor sich hatten: zuerst zu den ‚Mardern', weil Gaby keine Ruhe gab und sich dort vorsichtshalber noch einmal erkundigen wollte. Dann ins Krankenhaus. Dafür mußten sie vorher noch ein

Buch besorgen. Sie fanden, daß das Eva Preimann am besten die Zeit vertreiben konnte.

„Vielleicht lesen wir ihr sogar etwas vor", hatte Gaby vorgeschlagen.

Den Vorschlag fand Daniela in Ordnung. Sie spürte einen Tatendrang, daß sie am liebsten Schule Schule hätte sein lassen. Doch das ging natürlich nicht.

An diesem Morgen kam Peggy als erste zum Frühstück. Sie hatte dem schwarzweißen Panda wohl weniger Streicheleinheiten gegeben als sonst. Da durch die schwesterlichen Nöte ihr Interesse an dem Fall der kleinen Eva Preimann wieder geweckt war, schaute sie zuerst in die Zeitung. Die Neuigkeit stand dick gedruckt über einem Artikel.

„Ich habe noch was vergessen." Peggy sauste zur Tür, nachdem sie den Bericht überflogen hatte.

Nicht im geringsten erstaunt, blickte Corinna ihr nach. Sie hatte sich schon gewundert, daß Peggy so frühzeitig erschienen war. Meistens kamen die Mädchen eher zu spät.

Unten in der Tenne traf Peggy die Schwestern. Daniela streichelte Rolf, der sie umsprang und bellte. Währenddessen war Maria, auf der untersten Treppenstufe stehend, damit beschäftigt, Gabys Haare zu einem Pferdeschwanz hochzubinden.

„He", fragte Daniela sofort, „was ist passiert?"

„Sie haben ihn." Peggy mußte erst mal tief Luft holen. „Sie haben den Jungen, der den Hochsitz angesägt hat."

„Und, wer ist es? Wie heißt er? Ist es ein ‚Marder'?"

Daniela schoß ihre Fragen ab wie Raketen.

Gaby aber sah die Schwester voll banger Erwartung an. Sie hatte Angst vor den Antworten.

„Nun sag schon", drängte Daniela.

Dabei wollte Peggy sie nicht auf die Folter spannen. „Er heißt Markus Mellmann. Er ist siebzehn Jahre. Mitglied der ‚Marder' ist er nicht. Jedenfalls stand davon nichts drin."

„Markus Mellmann", wiederholte Gaby. Den Namen hatte sie noch nie gehört. Dan und sie konnten aufatmen.

Mit allen zehn Fingern fuhr sich Daniela durch ihre roten Haare. Vor Erleichterung hätte sie am liebsten laut geschrieen. Oder hätte eine Fanfare geblasen.

Doch als sie Peggy ansah, ahnte sie plötzlich, daß die Sache doch nicht so günstig aussah. Da war etwas, das sie ihnen noch nicht erzählt hatte. „Was steht noch in der Zeitung?" ging Daniela direkt auf ihr Ziel los.

Unruhig, weil sie wußte, daß es die Schwestern bekümmern würde, trat Peggy von einem Bein aufs andere.

Auch Gaby merkte jetzt, daß sie wohl keinen Grund zur Freude hatte. Sie strich sich über die Lippen und sah Peggy erwartungsvoll an.

„Na ja, es ist so, der Junge, dieser Markus Mellmann, hat gesagt, ein Flugblatt hätte ihn dazu inspiriert. Es ist in der Stadt verteilt worden, er hat es gelesen und..." Peggy zögerte. „Verdammt, es muß euer Flugblatt gewesen sein."

„Steht drin, daß es von den ‚Mardern' ist?" Gaby wurde blaß.

„Nein, jedenfalls nicht direkt", antwortete Peggy. „Der Junge hat es weggeworfen. Er konnte es der Polizei nicht geben."

„Woher willst du dann wissen, daß es das Flugblatt ist, das wir verteilt haben?" erkundigte sich Daniela.

„Eben. Bestimmt sind auch andere verteilt worden." An diesen Gedanken klammerte sich Gaby wie an einen Strohhalm. Es mußte nicht das Flugblatt der ‚Marder' gewesen sein.

Schon Peggys nächster Satz machte diese Hoffnung zunichte. „Der Junge konnte sich an eine Parole erinnern: *Wer hoch sitzt...*"

„Au weia", sagte Maria bloß.

Also doch! Gaby und Daniela fühlten sich wie vernichtet. Wie man es auch drehte und wendete, indirekt hatten sie mit schuld daran, daß der Hochsitz angesägt und das Mädchen verletzt worden war.

Daniela rieb mit dem Zeigefinger über ihren Nasenrücken. So stand sie eine ganze Weile, ohne zu merken, daß der Hund sich gegen ihr Bein drückte, mit dem Schwanz wedelte und sie aufforderte, mit ihm zu spielen.

Dann sagte sie: „Da gehe ich nie wieder hin." Es klang wie ein Schwur.

Die Schwestern wußten sofort, was sie meinte. Daniela wollte kein Mitglied dieser Naturschutzgruppe mehr sein. Sie war kein ‚Marder' mehr.

„Ich auch nicht, Dan", erklärte Gaby leise. Sie zuckte hilflos mit den Schultern. Was sie noch sagte, war kaum zu verstehen. „Ich wollte ja gleich, daß sie diesen blöden Satz herausnehmen. Wenn doch schon Mittag wäre."

Damit sprach sie Daniela aus dem Herzen. Es war eine Qual, die Stunden bis dahin all die Dinge tun zu müssen, die notwendig waren. Sie mußten mit dem Bus fahren, sich so, als sei nichts geschehen, mit den Freunden unterhalten. Mit den Gedanken ganz woanders, ließen sie Englisch, Mathe und Biologie über sich ergehen.

Die große Pause war eine Erleichterung. Da konnten sie wenigstens zusammenstehen, selbst wenn nicht viel geredet wurde. Peggy und Maria zeigten sich solidarisch. Sie wichen den Schwestern nicht von der Seite.

„Oh, die Waldmann-Töchter, welch trautes Beisammensein", höhnten Heike, Beate und Nicole, die wie immer als Dreiergruppe über den Schulhof zogen. Die Einigkeit der vier war ihnen ein Dorn im Auge.

Der braunhaarige Krauskopf Nicole grinste. „Laßt doch, ihr dürft nicht vergessen, drei von ihnen sind Waisenkinder."

Das war eine besonders boshafte Bemerkung. Sie traf nicht nur Peggy, Daniela und Maria, sondern auch Gaby. Ohnehin seelisch aus dem Gleichgewicht, füllten sich ihre Augen mit Tränen.

In diesem Moment spürte Daniela eine Wut in sich aufsteigen, wie sie noch keine gefühlt hatte. Das Blut stieg ihr ins Gesicht. Sie vergaß alles um sich herum und holte zum Schlag aus.

Es wäre eine schmerzhafte Ohrfeige geworden. In letzter Sekunde fiel Peggy der Schwester in den Arm. „Nicht, Dan, das macht alles viel schlimmer."

Immer noch wütend, starrte Daniela nun Peggy an. Als sie sah, daß deren Augen ebenfalls verdächtig glänzten, kam sie zu sich.

„Schon gut." Daniela lächelte verlegen. „Du hast ja recht."

Sie senkte den Kopf. Was sollte es schon nützen, wenn sie aus Wut dreinschlug? Gar nichts. Die drei Mädchen aus Peggys Klasse waren nun einmal gemein. Öfter schon war es zu einer Auseinandersetzung mit ihnen gekommen. Meistens hatten die vier Waldmann-Töchter den Sieg davongetragen. Und hatte Peggy nicht erzählt, daß sie bei dem Zirkusprojekt die Lacher auf ihrer Seite gehabt hatte?

„Blöde Gänse!" sagte Daniela im Brustton der Überzeugung.

Trotzdem war sie sich klar darüber, daß der Schlag eigentlich nicht den Mädchen gegolten hätte. Eigentlich waren die ‚Marder' gemeint. Sie fühlte sich dermaßen enttäuscht und – Daniela suchte nach Worten – ja, und abgestoßen. Paps hatte recht gehabt: Schon die Sprühaktion hätte Gaby und ihr, Daniela, zeigen müssen, mit was für Jugendlichen sie es zu tun hatten.

Daniela hob das Kinn. Es war nicht zu spät. Sie konnten versuchen, einiges wiedergutzumachen.

Besonders erfolgreich zeigte sich der Nachmittag zunächst nicht. Gleich von der Schule aus machten sie sich auf den Weg. Bei den ‚Mardern' stießen sie auf eine Mauer des Schweigens.

„Quatsch", wehrte der Rudelführer Manfred ab. Das war eines seiner Standardwörter. „Was ihr bloß immer habt! An der Sache mit dieser Göre sind wir doch nicht schuld."

„Ich möchte trotzdem wissen, wie das eigentlich gemeint ist", fragte Gaby weiter. *„Soll tief fallen* – dabei müßt ihr euch doch was gedacht haben."

„Wolltet ihr, daß ein Jäger vom Hochsitz fällt?" ließ auch Daniela nicht locker.

Der Junge mit dem pickligen Gesicht grinste. „Schaden würde es denen jedenfalls nicht. Da bringt ihr mich ja direkt auf eine Idee."

„Du bist blöd", fauchte Daniela ihn an.

Es prallte wirkungslos an Manfred ab. Vor sich hin lachend, stieg er in den Keller.

„Hab' was Besseres zu tun", rief er ihnen von unten zu.

Verblüfft sahen die Schwestern sich an. Das war es dann wohl. Einen anderen ‚Marder' zu fragen hatte noch weniger Zweck.

„Bei Axel habe ich es heute schon in der Schule versucht", teilte Daniela Gaby mit. „Der hat bloß die Achseln gezuckt."

Schon wieder den Tränen nah, schluckte Gaby mühsam. Es war einfach ein scheußliches Gefühl, zu denken, daß sie zu dem Unglücksfall beigetragen hatte. Warum ging das den anderen ‚Mardern' nicht so? Hatten sie keine Gewissensbisse?

Daniela, selbst betroffen und nachdenklich, legte ihr den Arm um die Schulter. „Komm, ist doch egal. Wir gehen trotzdem ins Krankenhaus."

Bevor sie sich auf den Weg machten, suchten sie in einer Buchhandlung ein Buch aus. Verschiedene kamen in Frage. Sie diskutierten eifrig. Es sollte eine besonders hübsche Geschichte sein.

„Weißt du noch?" Gaby hielt der Schwester einen Titel hin. „Das hat uns Paps immer vorgelesen."

„*Eine Woche voller Samstage*. Das nehmen wir, das ist prima." Daniela griff nach dem Buch. Doch, sie erinnerte sich gut. Die Geschichte war vor allem lustig.

Zum Glück kannte Eva Preimann das Buch noch nicht. Sie nahm es strahlend in Empfang.

Gaby und Daniela, die erst ihre Verlegenheit überwinden mußten, staunten. Wenn man von den hochgelegten Gipsbeinen absah, wirkte das Mädchen nicht wie eine arme Kranke. Im Gegenteil, sie schien munter, redete unaufhörlich und war über ihren Besuch nicht im geringsten verwundert. Sie erfuhren auch den Grund.

Seit der erste Zeitungsartikel erschienen war, hatten sich viele Menschen um Eva gekümmert. Sie bekam Briefe, Karten und Pakete mit immer neuem Spielzeug. Eine Menge Besucher waren ins Krankenhaus gekommen. Verschmitzt lächelnd, erzählte Eva, daß es sogar Geldspenden gegeben hatte.

„Über dreitausend Mark", brüstete sie sich. „Meine Mutti sagt, das hebt sie mir auf, für später."

Trotzdem machte die kleine Kranke von dem Angebot, daß sie etwas vorlesen könnten, Gebrauch.

Als sie eine Stunde später das Mädchen verließen, erlebten sie draußen eine Überraschung. Vor dem Eingang warteten Maria und Peggy. Sie berichteten ihnen kurz, was sie erlebt hatten.

„Komisch." Gaby blieb auf der untersten Treppenstufe stehen. „So richtig nötig war es eigentlich gar nicht."

Genau dasselbe Gefühl hatte Daniela. Sie nickte. „Stimmt, aber richtig war's trotzdem. Zumindest Mam und Paps werden es gut finden, daß wir dort gewesen sind. Das ist die Hauptsache."

„Ich habe ein bißchen Schiß davor, mit ihnen zu sprechen", bekannte Gaby auf dem Nachhauseweg.

„Verstehe ich gut", meinte Peggy.

Doch die kleine Schwester schüttelte den Kopf. „Ich nicht. Sie werden bestimmt nicht böse, du wirst sehen. Wenn es wirklich schlimm war, haben sie uns immer geholfen. Denk doch bloß mal an unsere Träume vor dem Spiegel. Sie haben mich nicht ausgeschimpft, weil ich trotz meiner Krankheit in den Flur gegangen bin. Und als Dan das Auto kaputtgefahren hat, waren sie auch ganz lieb."

Es war gut, daß Maria sie daran erinnerte. Sie hatten im letzten Winter wirklich viel Blödsinn angestellt. Alles bloß, weil sie gedacht hatten, Mams alter Spiegel habe Zauberkräfte und könne Wünsche wahr werden lassen.

„Stimmt", bestätigte Daniela, „dabei hätte ich 'ne Tracht Prügel verdient gehabt. Die Reparatur allein hat über tausend Mark gekostet."

„Aber mich haben sie einmal ziemlich ausgemeckert", entgegnete Gaby. „Weil ich an deinem Bett bleiben sollte, Maria. Als du so hohes Fieber hattest."

Peggy runzelte die Stirn. „So schlimm war's nun auch wieder nicht. Mam war nur erschrocken, weil Maria ohnmächtig war. Außerdem hat sie gedacht, du wärst unzuverlässig. Und du weißt, das mag sie am allerwenigsten."

„Stimmt", gab Gaby zu. „Ich bin einfach in den Stall gegangen, zu Pomeranze. Es war natürlich dumm von mir."

„Hinterher hat Mam eingesehen, daß du nur Angst hattest, das Pony könnte sterben."

„Es ist gestorben, Peggy." In Gedanken daran wurde Gabys Miene noch betrübter.

„Meinst du, das hätte ich vergessen?" Peggy griff nach ihrer Schultasche. „Wir sind gleich da."

Zumindest Gaby und Daniela kam der Weg von der Haltestelle bis Buchenloh länger vor als sonst. Obwohl sie darauf brannten, sich alles von der Seele reden zu können, wurden ihre Schritte langsamer.

„O stréga, Schnecken sind gar nichts gegen euch!" scheuchte Maria sie. In ihren Augen machten sich die beiden Schwestern unnötig Sorgen. Sie wußte, sie an ihrer Stelle wäre nach Hause gerannt.

Peggy verstand besser, was in ihnen vorging. Sie

versuchte ihr Bestes, Gaby und Daniela aufzuheitern. "Am besten macht ihr das noch vor dem Essen ab. Dann schmeckt's hinterher um so besser. Maria und ich lassen euch mit ihnen allein, okay?"

Da brauchte Gaby nur kurz zu überlegen. "Mir wäre lieber, ihr wärt dabei. Wie ist es mit dir, Dan?"

Kaum merklich zögerte Daniela. Sie nickte. "Doch, das wäre gut."

So wunderten sich Corinna und Hanno nicht schlecht, als die Töchter zur Begrüßung als erstes sagten: "Wir müssen unbedingt mit euch reden. Es ist wichtig."

Corinna zog leicht die Augenbrauen hoch. Auf den ersten Blick hatte sie erkannt, daß mit Gaby und Daniela etwas nicht stimmte. Ihre Älteste hatte tiefe Ringe unter den Augen, sah beinahe verweint aus, während Danielas Gesicht unnatürlich gerötet schien. Und mit ihrem feinen Gespür erkannte sie, daß keine einfache Sache auf sie wartete.

Offenbar hatte auch Hanno die Notsituation erkannt. Corinna sah, wie er zustimmend nickte. Freundlich lotste er die Mädchen in die Anrichte. "Kommt, setzt euch wenigstens. Vielleicht möchte eine von euch etwas trinken."

Viermal Kopfschütteln, die Antwort war eindeutig. Aber seine Töchter setzten sich. Maria drückte sich neben ihn auf die Bank. Sie schien am unbefangensten zu sein. Aha, also nicht ihr Problem.

"Was ist los?" fragte Corinna ohne Umschweife.

„Ihr wißt doch, daß Gaby und ich seit zwei Wochen Mitglieder der ‚Marder' sind", begann Daniela.

Stockend und immer wieder unterstützt von Gaby, erzählte sie alles von Anfang an.

Das Bild, das sie für die Eltern entwarfen, wurde deutlicher. Die einzelnen Mitglieder der Naturschutzgruppe, der Rudelführer Manfred nahmen Gestalt an. Corinna und Hanno erfuhren, was im einzelnen bei den Versammlungen geschah, wie sie abliefen, wer tonangebend war. Zum erstenmal hörten sie Genaueres über die Ziele. Die ‚Marder' waren auf den Kampf gegen Jäger spezialisiert. Sie wollten den Wald schützen, und dazu war den meisten jedes Mittel recht. Bedenken, die geäußert wurden, taten die anderen ab.

„Das war bei dem Flugblatt auch so", klagte Gaby. „Sie haben gesagt, wir als Neulinge hätten keinen Überblick und sollten uns da raushalten."

Da schwante Corinna nichts Gutes. Sie hatte am Morgen Zeitung gelesen: Der Junge, der den Hochsitz angesägt hatte, war durch ein Flugblatt dazu angeregt worden. Nun sprach ihre Älteste ebenfalls von einem Flugblatt. Es war nicht schwer, einen Zusammenhang zu sehen.

Obwohl Corinna innerlich erschrak, wußte sie eins: Klarheit konnte ihr jetzt nur absolute Offenheit bringen. Sie durfte ihren Töchtern keine Möglichkeit geben, sich hinter Ausflüchten zu verstecken. Und sie selbst mußte, egal, was da auf sie zukam, den Dingen gefaßt ins Auge sehen.

„Habt ihr die Flugblätter verteilt, von denen in der Zeitung die Rede ist?" fragte sie ganz direkt.

Ein flehender Blick aus blauen und grünen Mädchenaugen richtete sich auf Hanno. Er hatte ähnliche Schlußfolgerungen gezogen wie seine Frau und bewunderte wieder einmal, wie direkt Corinna schwierige Sachen anging. Er durfte Gaby und Dan nicht helfen.

„Ja, Mam." Die beiden Töchter senkten den Kopf.

Eine Weile herrschte Schweigen. Corinna und Hanno fanden ihre Vermutung bestätigt. Trotzdem mußten sie das Gehörte erst mal verdauen.

„Gaby hat versucht, den blöden Slogan zu verhindern", mischte Peggy sich ein. Sie hatte das Gefühl, den Schwestern beistehen zu müssen. „Aber es hat nichts genützt."

Corinna verkannte ihre gute Absicht nicht, doch sie wollte Genaueres lieber von den Betroffenen hören. Sie war vor allem daran interessiert, was Gaby und Daniela dazu gebracht hatte, die Flugblätter mit der Parole zu verteilen, wenn sie mit dem Inhalt nicht einverstanden waren. Die Beweggründe fand sie entscheidend.

„Wollt ihr uns das nicht ausführlicher erzählen?"

Hanno überlegte. Ihn beschäftigte mehr die Tragweite dessen, was geschehen war. Indirekt hatten die Mädchen sich schuldig gemacht, zum Glück nur indirekt. Konnten sie dennoch strafrechtlich belangt werden? Um ganz sicher zu gehen, wollte er Doktor Schmeer anrufen. Der Anwalt half ihm manchmal, wenn es bei einer neuen Erfindung um Fragen des Patentrechts ging. Er konnte ihm sicher in dieser Sache Auskunft geben.

Stockend zuerst, dann immer flüssiger kamen Gaby und Daniela dem Wunsch der Mutter nach. Sie erzählten, wie nutzlos sie sich nach den mißglückten Projekten in der Schule gefühlt hatten. Sie berichteten ausführlich von dem Vollmondtreffen. Nichts ließen sie dabei aus, nicht einmal, daß sie so etwas wie einen Rausch gefühlt hatten, als die Sprühdosen voll in Aktion waren. Erst danach hatte es ihnen gedämmert, daß diese Parole *Wer hoch sitzt, soll tief fallen* gefährlich war, weil etwas anderes dahinterstecken oder jemand sie wörtlich nehmen könnte.

„Ich habe sogar gedacht", bekannte Daniela, „die ‚Marder' selbst wollten gegen die Hochsitze vorgehen, so wie gegen das Jagdhaus."

„Nun, vielleicht ist der Schritt von dem einen zum anderen gar nicht weit." Corinna rieb sich über die Stirn. Es war eine Geste, die selten bei ihr war, traurig und resigniert zugleich.

„Mam", Daniela streckte die Hand aus. „Gaby und ich haben schon darüber gesprochen. Die ‚Marder' sind für uns erledigt. Da gehen wir nie wieder hin."

Wie Mam das wohl aufnahm? Gaby schaute hoch. Sie mußte doch zufrieden sein, daß sie von selbst darauf gekommen waren und diesen Entschluß gefaßt hatten.

Auch Hanno war gespannt, wie Corinna reagierte. Sicher zunächst einmal erleichtert, weil die Gruppe einen unheilvollen Einfluß hatte und offensichtlich bereit war, für ihre Ziele Mittel anzuwenden, die man nicht gutheißen konnte. Das ging ihm ebenso.

Aber Corinna würde sich nicht damit zufriedengeben. Dazu kannte er sie zu gut. Sie sah sicher das Engagement, das seine beiden Töchter dazu gebracht hatte, sich den ‚Mardern' anzuschließen. Das Positive. Genau wie er würde sie nicht wollen, daß die Mädchen das Interesse an der Sache, um die es ging, verloren.

„Aber wie soll es weitergehen?" stellte Corinna die Frage, die er erwartet hatte. „Ihr seid Mitglieder der ‚Marder' geworden, weil ihr etwas für die Natur tun wolltet. Ist Naturschutz für euch jetzt erledigt?"

„Aber Mam!"

Empört reckten Gaby und Daniela sich.

„Wie kannst du nur so was von uns denken!" In Gabys blaue Augen kam Leben. „Wir wollen natürlich weitermachen. Nur…"

Sie sah die Schwester an.

„…in einer anderen Gruppe", ergänzte Daniela. „Norman hat von Leuten geschrieben, die bauen Nistkästen und legen Feuchtbiotope an. Oder die machen einfach den Wald sauber. Solche Gruppen gibt es hier bestimmt auch."

Die ganze Zeit über hatte Maria schweigend dabeigesessen. Jetzt merkte sie, daß die Spannung nachließ. Sie klatschte in beide Hände.

„Und wenn ihr keine findet, macht ihr selber eine Gruppe auf." Maria knuffte die neben ihr sitzende Peggy in die Seite. „Dann sind wir gleich die ersten Mitglieder, nicht wahr, Peggy?"

Spannende SchneiderBücher von Elke Müller-Mees:

HABE ICH		WÜNSCHE ICH MIR
	Wir Vier (Band 1) **Eine Straße durch das Paradies** Kampf um ein Naturschutzgebiet	
	Wir Vier (Band 2) **Träume hinter dem Spiegel** Die vier beschwören ihre Träume	
	Wir Vier (Band 3) **Eine Insel im Wind** Eine Reise nach Dänemark	
	Wir Vier (Band 4) **Wettbewerb der Herzen** Ein Junge stiftet Unruhe	
	Wir Vier (Band 5) **Zwei auf falschen Wegen** Projektwoche in der Schule	
	Wir Vier (Band 6) **Sehnsucht nach dem Süden** Auf Rezeptsuche in der italienischen Toskana	